平原上黑

邹进 著

上海文艺出版社
Shanghai Literature & Art Publishing House

图书在版编目（ＣＩＰ）数据

平原在东 / 邹进著 . -- 上海：上海文艺出版社，
2022
ISBN 978-7-5321-8529-0

Ⅰ . ①平… Ⅱ . ①邹… Ⅲ . ①诗集－中国－当代
Ⅳ . ① I227

中国版本图书馆 CIP 数据核字 (2022) 第 199708 号

发 行 人：毕　胜
策 划 人：杨　婷
责任编辑：李　平　程方洁　汤思怡
封面设计：悟阅文化
图文制作：悟阅文化

书　　名：平原在东
作　　者：邹　进
出　　版：上海世纪出版集团　上海文艺出版社
地　　址：上海市闵行区号景路 159 弄 A 座 2 楼
发　　行：上海文艺出版社发行中心发行
　　　　　上海市闵行区号景路 159 弄 A 座 2 楼 206 室　　201101　　www.ewen.co
印　　刷：成都市兴雅致印务有限责任公司
开　　本：880 × 1230　1/32
印　　张：7
字　　数：163 千
印　　次：2023 年 1 月第 1 版　2023 年 1 月第 1 次印刷
Ｉ Ｓ Ｂ Ｎ：978-7-5321-8529-0
定　　价：75.00 元

告读者：如发现本书有质量问题请与印刷厂质量科联系　Ｔ：028-83181689

位卑未敢忘忧国

——序邹进诗集《平原在东》

叶　橹

　　阅读邹进的这部诗集，不禁从心底冒出一句众所周知的诗："位卑未敢忘忧国。"不过，敏感的读者或许会联想到，这不会又是那种"假大空"式的宣言吧？大家可以放心，邹进的诗不是那样的赝品。"未敢忘忧国"，是从他的一些诗性感悟中得出的结论。我们不妨从阅读他的诗歌开始。

　　邹进的诗性感悟，不是从观念中生发出空洞的呐喊，也不是臆造出一些生硬的所谓"意象"以寄寓"爱国情怀"，而是在许多感同身受的具体场景中，让人亲切地体验到一种普通人的思绪与情怀，而这种思绪与情怀，是具象的，又是诗性的。邹进生活在苏北平原的盐城地区，因此他的许多诗性感悟，都是生发在一些具体的情景之中。在《读秋》中他写道：

　　滩涂辽阔苍茫，野鹿荡 / 扣押了许多赞美之词 / 至今我的诗

歌 /——依旧一贫如洗

　　这几句诗引发我的联想，触动我的心机，是"扣押了许多赞美之词"同"我的诗歌——依旧一贫如洗"形成的反差。这种反差，表象上看起来是"赞美之词"同"一贫如洗"的矛盾，其实暗含着邹进内心的深刻自省。因为在"扣押许多赞美之词"的虚名中，诗人感到自己的"一贫如洗"，恰好证明了他是一个不愿意抒写空洞赞语的人。这首诗的最后是在"秋风是巧匠，我被打磨成 / 一弯银月，从深蓝处 / 俯阅大地。把灵魂栖居野鹿荡 / 孤独如影随形 / 唯有一粒寒星逗留在枝丫上 /——伴我在老榆树下夜读"中结束的。从字面上看有点显得"冷"，其实是因为内心的"热"才造就了这些诗句。

　　诗人的内心世界是非常复杂的。所以我们在分析和判断他的诗作时，不能停留在字面上的意义和表情上，而必须深入地进入他的内心世界。邹进的诗，往往都是在一种看似冷寂的陈述中透露内心的热烈。像《搁浅》这首诗：

　　总有人对黄海的前生质疑 / 滩涂如此广袤，究竟遭遇何种 / 锤炼与锻打，才能造就 / 铁骨铮铮的海岸线

　　对于野鹿荡，每一粒沙子 / 足以证明：它们是海浪 / 淘汰的贤者。我喜欢在海边 / 搁浅一些念头，轻饮风中的孤独

　　比乌托邦还遥远 / 灰色调的空洞：无法隐藏 / 伤疤。一些记忆 / 被潮水永不停拍击 / 让我在疼痛中缓缓苏醒

　　还是在野鹿荡的环境下滋生的诗性思绪，依然是"灰色调"的表情和"伤疤"，但是在"潮水"的"拍击"下，终于"在疼

痛中缓缓苏醒”了。这是具体入微的心态演变，也是真实深刻的思绪展示。作为一个真实的存在者，我们能够探悉诗人的心灵史，也能够感知他作为普通人的人性品格。

这就是我特别要强调的邹进的诗中所呈现的位卑者对国忧的一种平凡而坚执的姿态。

诚然，在邹进的诗中，我们读不到多少令人热血沸腾的诗句，但是可以从他的一些隐匿的内心活动中窥视到他的热烈。所以他在《隐匿》一诗中开门见山地宣告：

要时刻防止雨水腐烂变甜的词语
要时刻防止秋风偷走成熟的秘密

这就是我要从他的《读秋》和《搁浅》开始介绍他的诗作的缘故。

作为诗人的邹进，不甘于以直白的词语表达他内心的汹涌情怀，所以他一直试图寻找一种符合诗性表达的方式。于是我们读到了他诸如《如何比喻虚空之外的词语》《幻象或收割》《捕风或独白》《秋天的杂货铺》《幸运该怎么表达》这一类型的诗。他非常真实而细致地表达了自己在"虚空之外"寻找"比喻"的困境，而最终却从"雪花顺着我的脚，覆盖到我的额头"，竟然醒悟到"原来你和我都是幸福的"。真是一种惊人的"通觉"。在《幻象或收割》中他写道：

狼尾草羁绊住我的双脚 / 滩涂用荒芜填充我的空虚 / 这里，一切物种甘于寂寞 / 夜空泅湿所有的声音

我在这里安置贪婪与妄念／期待麋鹿和牙獐穿越迷雾／它们以方言唤醒星光

　　我的双眼变得如此澄净／在朦胧的月色下，一路收割／从湿地窜出的幻象

　　这麋鹿，这仙鹤，这浪花／梦境中的深沉与挚爱／比以往更加安静，更加虚无

　　把这首诗全文引出，是因为它相当鲜明地表现了邹进诗性的思维方式。他存在着为现实所羁绊的困境，又有着挣脱困境的幻梦，而在幻梦中又表现出贪婪的姿态，以致似乎一切皆备于我。诗人的纯真与可爱的品格，呈现出历历在目的生动形象。

　　诗人的精神世界之丰富复杂，正是他产生许多诗性思维的根源。当下的诗坛之所以呈现出斑斓的色彩，正是由于诗人们可以较为坦诚地表现自己的诗性思维所造成的。而邹进作为生活在现实中的诗人，正是吸取了这些精神养料而成长起来的。

　　话题还是回到"位卑未敢忘忧国"上来。邹进的诗之所以让我产生这种联想，正是因为他作为一个"位卑者"诗人，时时所联想到的一山一水、一土一木，似乎都是情之所系、心之所向，而这种联想和所向，并不以豪言壮语宣示其内心情怀，而是在具象和意象的呈现中表达其心声的。诗人也是普通人，他不需也不能以故意拔高的自我形象宣示于人，但他必须在诗性思维的特色上表现其独特的诗性品格。而我在读了他的这些诗后，认定他是一个对自身的诗性品格颇为珍视的人，所以他的诗令我读后享受到诗性审美的愉悦。

　　以上所写，仅仅是我个人的阅读感受，我不知道我的阅读感受是否完全准确，但愿有兴趣阅读本书的人，不妨认真地思考一

下，读了这本诗集，你是否也享受到了审美的愉悦。

2022 年 3 月 8 日于扬州

（叶橹：1936 年生，原名莫绍裘，国内著名学者、诗歌评论家。在中国现代主义诗歌评论界享有权威地位，诗坛"泰斗"，师从著名中国古代文史学家、教育家程千帆。对诗歌文本及重要诗人的出现，有着卓越的洞察力，发现或推介了艾青、昌耀、闻捷等许多当代重要诗人。20 世纪 80 年代，在现代主义诗歌大潮中，叶橹先生以"辩护人"的身份推动了中国先锋主义诗歌的发展，是中国青年诗人的鼓舞者、理论推动者。）

目 录
CONTENTS

第一辑 滩涂之恋

第三辑　时光背影

第一辑　滩涂之恋

滩涂辽阔苍茫，野鹿荡
扣押了许多赞美之词
至今我的诗歌
——依旧一贫如洗

芦苇及其他

芦苇丛中，一点白雪秘不示人
飞絮，其实就是一些
不忍舍弃的词语。一片片
落到水边觅食的白鹭脚下

芦苇丛根部泄密：野鹿荡
与青藏高原沱沱河情缘未了

风吹来，芦苇倒伏
白云在河流中与飞絮争宠
萤火虫还没点燃夜灯，晚霞
已把秋色揽入怀中
潜伏在盐蒿深处，那么多
说不出名字的植物，衬出
——我的凡俗

麋鹿及牙獐
被夜色没收了踪迹
而我潜伏在月光下
成为第一个
被风命名的猎人

野鹿荡

大雁从野鹿荡上空飞过
翅膀压低了湿漉漉的天空
微光中，一根残损的鹿角
裸露在水边，与一些
陌生人，重述前生与今世

黄海湿地如神的孩子
从青草根部
吮吸《诗经》里的钙质词句
海水东迁，众多的
生物：迁往深海蜗居

狼尾草孤独诵经
预示一切均已结束
包括在旷野中游荡的杂念
而我：将成为最后一片落叶
在空寂又平行的滩涂飘零
与一些熟稔或过往不再相遇

乡音

风吹过滩涂，草木斜身致敬
一群麋鹿绕过语言
绕过沼泽地，绕过纠缠的根须
他们不甘鹦鹉学舌
——不停寻找乡音

凝望群鹿，歉意比水草丰茂
我无法抵达他们的内核
无法与其灵魂和鸣
只想静静地躺在湿地上
努力长出草或开出花
然后一头扎进浩瀚夜空
细数漫天星光。至于
一些关于乡音的赞美或回忆
任凭秋雨反复品咂

夜色就是一块宽银幕
——群鹿成为皮影
我赤足逆流而上
四顾茫茫且泪流满面
风在呜咽：我再也无法返归童年

古船

九条古船，不再遮掩沧桑
一百多年前的自然风光，以及
一万年前的历史气场
早已被深褐色的木纹记录
"大丰公司"：这张标签
——从风干的省略号里钻出

"乃命羲和，钦若昊天
历象日月星辰，敬授民时"
——鱼腥味从古船上四散
认领萤火虫，认领天空
认领飞坠的流星

海风请出汹涌大海
月光献上宁静滩涂
而我行走在淤泥深处
举着星光，心无旁骛
慢慢走近夜空下的古船

星空与时间

古长江北入海口，奔腾不息
古黄淮河南入海口，呼啸而至
两道巨流：最终在碰撞中
粉身碎骨，继而又融为一体

三万亩滩涂，可以
寻觅到博尔赫斯分岔的羊肠小路
也可以从梦中引来曲水流觞
茵陈草拯救众多萤火虫
而萤火虫，又以微弱之光
——喂养了星星
星空葳蕤如故事，让我
在时间的深远之地
成为琥珀

——得益于上苍恩赐
我从星空与时间的死亡中
逃离出来
不用烦恼风化，不必担心腐朽

读秋

滩涂辽阔苍茫，野鹿荡
扣押了许多赞美之词
至今我的诗歌
——依旧一贫如洗

风一阵一阵吹过
秋天就这样被刮了回来

泥螺躲进硬壳：把声音压低
低到芦苇根须之下
野鹿荡的深秋，还没来得及
拼凑完整的记忆
就如走散的秋虫，始终
下落不明

秋风是巧匠，我被打磨成
一弯银月，从深蓝处
俯阅大地。把灵魂栖居野鹿荡
孤独如影随形
唯有一粒寒星逗留在枝丫上
伴我在老榆树下夜读

与水草一样不善言辞

与水草一样不善言辞
只能化身落叶，以赴死的悲凉
滋养滩涂的曲折与起伏

这方领域：变化如魔方
——常常令我辨别不清方向
如此也好，在迷茫中静坐
可以避免被一些诱惑劫持

火红的盐蒿，蠢蠢欲动
麋鹿在草丛中打盹
而鹿角在月光下泛着寒光
我不愿被寒光点卯
对于剧情失血的独角戏
早在清醒之前
就被大海埋葬在灰烬里

我就是滩涂上的飞鸟
收拢双翼，抱紧羽毛
在坠落的秋雨中躲避戕害

搁浅

总有人对黄海的前生质疑
滩涂如此广袤，究竟遭遇何种
锤炼与锻打，才能造就
铁骨铮铮的海岸线

对于野鹿荡，每一粒沙子
足以证明：它们是海浪
淘汰的贤者。我喜欢在海边
搁浅一些念头，轻饮风中的孤独

比乌托邦还遥远
灰色调的空洞：无法隐藏
伤疤。一些记忆
被潮水永不停拍击
让我在疼痛中缓缓苏醒

修辞

这里找不到修辞
这里却冒出许多修辞
我与海风对饮咸涩
等待比喻水落石出

荒凉与原始，必定有记忆
鹿鸣中，我学会
从无垠夜空中打捞希望
一阵风，可以吹熄明月
却无法摁灭
闪烁不定的群星

海浪层层叠叠。星星挣扎在
海面上，死去活来
反复被凝聚，揉打，摔碎
唯有本场人文化博物馆
以及锈迹斑斑的铁锚
在夜风中：深邃而清朗

再野化

赋予烈日风霜海浪
更多的使命
让大自然自己照顾自己
海水，土壤，植被
在萤火虫小岛自我修复
并且尝试与银河对话

荒滩，浅水，落羽杉
吸引玄鹤和苍鹭
暂居于浩茫潮间带
而生物遗民，勺嘴鹬
早与贝类以命相交
不可否认，众多生物
已经达成共识
命运共同体绝非虚言

某天，我将成为泥沙
再野化的野鹿荡
可否包容并接纳我

海浪就是典籍

作为一个旁观者：蛸蜞
不甘蜗居洞穴，拨开
火红的盐蒿，沙土堆砌的墙壁
往往顺着海潮的流向
接纳另一种生活

请允许海风呼啸，滩涂
终于在春天卸下鞍鞯
看似简单：多年来，我一直
活在热爱的隐喻里
在浪尖构思剧本，让自己
返璞归真。生活啊——
有时就是迂回或奔跑

依海而居，得益于理想朴素
那些被海水浸泡的词语
早已洗尽了污垢与厌倦
选择晴空或星夜
最终都在海底学会相濡以沫

我无意闯入这片辽阔之地
也不愿被大海反复描述

海浪就是典籍，被风翻阅
一页又一页。疲倦的人
偎着星光，沉沉睡去

芦苇荡

举起白头，构图四海为家
白鹭大片大片地从北方飞来
天际提前呈现鱼肚白
倒影中，飞絮起伏不定
谁能读懂？其表达的苍白

滩涂辽阔，襁褓宽广
白色的意象，在这里没有禁区
茵陈草散发幽香，引诱萤火虫
捕食滑过苇丛上的风
仿佛要把童年的时光找回

流星一次次俯冲
秘密沾着涟漪的电波
一圈圈扩散传输
芦苇荡里，一位渔民发白如雪
烟圈淡淡，循环上升
缭绕于远方的信号。而密码
不时咳嗽出浓浓乡音
呛得苇叶泪光涟涟

倾听海潮

版图中，他是一个泛黄的词汇
黄海鬼斧神工的大自然造化
为这片地域注入了万丈豪情
你细听海底有万马奔腾
月亮把银屑洒在海浪上
与夜空的繁星争辉
微光中，黄海面容模糊
而海潮的歌声隐于滩涂
一浪高过一浪。无数次跌倒摔打
粉身碎骨铸就铮铮铁骨
磅礴之力让我的诗歌
波涛汹涌，且深不可测

生活在海边

目之所及的范围有限
心之所向的空间无限
生活在海边，让我明白
这个至理。其实与大海相处
我更像跳跃的浪花
成为天空遗弃的孩子
这里的故事和光阴
海风以及生活技能，一直
存活在我的修辞中
而关于大海的知识与意象
却成为我最真实的盲点
比秋霜更苍白

容纳

人世苍茫，但我依然深爱
甘愿做一条奔腾不息的江河
容纳更多的狂风和雨水
对于即将流逝的
我无法像白云那样
轻描淡写

秋雨过后，寒凉越来越张扬
草原日渐枯黄，尽管它
与落叶同病相怜
然而，请不要泄露：人生如草芥
天机和谎言，往往
成为善意的渡口

大风起兮，无边落木写满凄凉
有人在沙滩留下真迹——
那些被海水冲刷上来的物种
既是遗书，也是情书

谶语

一枚叶片凋落
我在书中拯救自己
一堆海浪滚过
我在滩涂放逐自己
深秋已至，枝丫相互拥抱
这意味着——
寒霜不远
谶语往往不可求证
什么也别问
日月星辰均保持缄默
风在低诵经文
云在归隐林场
雨在清洗杂念
雷在赎罪过往
看万物在滩涂狂欢
忘却生死之恋
或别离之苦
我只能双手合十
任凭落日里的余晖
在波涛的坟前燃烧

幻象或收割

狼尾草羁绊住我的双脚
滩涂用荒芜填充我的空虚
这里，一切物种甘于寂寞
夜空泅湿所有的声音

我在这里安置贪婪与妄念
期待麋鹿和牙獐穿越迷雾
它们以方言唤醒星光

我的双眼变得如此澄净
在朦胧的月色下，一路收割
从湿地窜出的幻象

这麋鹿，这仙鹤，这浪花
梦境中的深沉与挚爱
比以往更加安静，更加虚无

鹿角饰品

两株枝丫，比珊瑚犀利
颅骨还是那样锋芒毕露
空洞的眼眶，依稀看到锯齿在滴血

作为一件饰品，墙壁终究
不是久留之地
久久站在鹿角饰品面前
我提不起丝毫欣赏情趣
只想找一块长满荆棘的荒地
跪下来祈求

而我要收藏的，正是来自
鹿角豁口里嘹亮又悲壮的呻吟

在海边

那只奋力飞过大海的白鹭
巧妙地将心潮起伏与海浪汹涌糅合一起
她的秘密我却无从知晓

那排高耸在滩涂上的风车
一次次把我的目光牵引到海天交接处
他们的诗和远方从不与我分享

在海边，我更像一个投诚者
无数次把诗歌作为投名状放到浪涛里
而我收获的却是沉寂与苍茫

如此也好，飘过或沉淀的万物
让我深悟何为有容乃大

许诺

波浪从沙滩退回海里，流星从草原返归夜空
落叶从大地飞上枝丫，我不敢幻想时光倒流
但内心一直期待，从不熄灭那股信念
海风如诺言穿过星星的针眼，收割花语和鸟鸣

不等山河老去，我用时光煎熬安寂和宽厚
然后在灵魂的一亩三分地上种植一言九鼎
至于结果，我不会锱铢必较。我宁愿被泰山
压着，也不会随鸿毛轻浮于尘世东游西荡
永世找不到孤独的灵魂，却寻找一顶帐篷

被忽略的声音

寂静破壁之时，必定
雷霆万钧。冬梦尚存暖意
春雷隐隐且经久不息
历经岁月更迭
你早已适应，甚至
习以为常，就如墙角冒出
一丝绿意，你却忽略而过

这并不奇怪，比如
坐在礁石上，你能听到
天空呐喊吗？你的耳朵
灌满了涛声渔火
其实，那是高空在倾倒心声
深深扎进大海心脏
发出的绝唱

就在万物无声的子夜
枕着一堆书籍入眠
文字蹦蹦跳跳
反复提示：别在迷糊中过滤
昙花一现的声音

阳光的暗角

阳光与阴暗，居住在
一个根系
就像秘密，有的摊在光芒下
以迷惑或掩盖的方式
生存。有的藏于心灵角落
阴暗成了庇荫泽地

裸露在阳光下，目的性
更擅于单刀直入
语言止于此：精准而猛烈
硬碰硬后，光芒耀眼
或盛大开放，或碎成一片

毗邻冷静之处，一定有
隔离区域。疗伤
实为权宜之计，谁甘愿放弃
独处暗角，我被风
忽而怜悯得柔软无骨
忽而摧残得强硬似铁

蓝天

轻似云烟，重如大海
这仅仅是色彩估算的视觉分量
天空太高，遥不可及
海洋把自己架在篝火上
蒸发成水汽，奋力游弋在尘埃里
向上，向上，再向上

为了触摸那片蓝
把自己粉碎成微粒或分子
体积轻微，思想空灵
这让我自卑并让位于碎裂
都渴望重生
但谁有勇气？以这种方式争取
把毕生力量，固定在碎末中

姑且不论成功与否
即使靠近也为时尚早
然而，哪怕一小步
毕竟靠近了，梦正在绽放
这足以快慰平生。凌晨
我常常假寐在短暂的幸福中
不愿醒来，就像

从梅雨季节中逃亡出来
深吸一下空气，那是
久违的蓝天，释放出母爱

较量

海水汹涌，涛声如雷
那些咸涩的欲望和愤怒
从舌尖到心灵深处
令万物生无可恋
滩涂裸露，陈列着条条肋骨
这是海岸线的伤口
被烈日暴晒，被盐水腌制

浮沉在浪头，我更像一截枝丫
被海风打磨成一把剪刀
在翻来覆去的较量中
我把巨浪裁剪为水珠
用苦难为日渐空旷的灵魂补钙

大海，请收留这些英雄的尸体吧
螃蟹，章鱼，乌贼，甚至
包括河蚌和水鸟
五亿年后，它们的化石
会展览在泥沙腹部
并被弄潮儿奉若神明

鸟鸣

浪花飞溅在乱石上
散发出鸟鸣，清脆，圆润
继而碎裂，回声
细微。幸运的是
鸟鸣循环播放
我与浪花相谈甚欢

海边，林中也有鸟鸣钻出
二重奏，和谐如日月
通灵，纯净，轻盈
风有听觉，花有嗅觉
云有触觉，雨有味觉
一些赞美之词，品味
鸟鸣之后，情不自禁
从喧闹中抵达宁静

而归隐，正是为了独揽宁静
聆听更多鸟鸣

叙说

穿过海边林场时，词语被笼罩在黑暗里
我是说被海风吹过，许多往事被过滤一空
我是说波浪，被击碎后涅槃重生

我是说湿地上狂奔的麋鹿孤独决绝
是说夜空中最后一朵昙花放射出璀璨星光
一刹那即是永恒，犹如我掩上诗歌闭目神思

我是说梅雨过后一个人在荒郊邂逅彩虹
我是说被噩梦惊醒不知不觉虚度一年
我是说错过日出却看到水鸟在河面踩碎阳光
伤痕随风飞逝，就像冲刷后的沙滩慢慢痊愈

相遇

无数次从海边的一条小路经过
总会与两只勺嘴鹬偶遇
最初的惊喜慢慢平静，就像多年邻居
连打招呼都省略了

暴风雨来袭时，我只能点开手机相册
翻看照片，两个毛茸茸的身子
就在我的手机里得到庇护
而远处隐隐传来海浪的咆哮声
与它们无关

画面风平浪静，但我
仿佛置身于一个静默的风暴眼
驮着茫茫滩涂踽踽独行

旧事物

背光之处，更适合旧事物繁殖
就像走夜路，难免会对黑夜产生诧异
我从来没低估诧异感

在滩涂，我是流浪的芦苇
根在淤泥，偶尔也会说一些如梦似影的白话

这些大白话，在风的影子里浩浩荡荡
驱动着未知步入到后现代
有关后现代，我不甚了解
只是在风大时，我会突然停止思考

翻晒海魂

许多海水在祈祷
祷词没有标点符号，语速极快
一层一层卷涌过来
我无法识别海浪奔过的路线
在海边，我成了盲人
耳中灌满了咸涩的风

都说海有灵魂。我深信
并把北斗星当作航海图
沿着海露赶到正午时光
海水疲倦不堪，被蒸发池圈养
然后经过暴晒以及提纯
提炼出一颗颗晶粒
这些粗盐呵
一定是我寻求已久的海魂

环顾盐场，一波又一波的海浪
此起彼伏，在翻晒盐花之前
我早已感动成一片汪洋

适应虚构

一大群白鹭飞来
就像云朵低垂，然后一块一块
散落开来。我无法捕捉
一个极度贴切的形容词
只能在海风中
时而临摹，时而搜索

整个海，深陷在归来之水中
低处的暗流在动，高处的浪花
也在动。我不忍
打碎黄昏遗留下的斑斓
远离喧嚣之后
渐渐适应了一些虚构
比如在淤泥里寻觅麋鹿踪迹
比如在海水中打捞丹顶鹤
比如，什么也不想
把自己安置在
比滩涂更空旷的落寞中

相由心生

白鹭，是两个汉字
用滩涂和湿地修饰的汉字
被盐水浸泡过的汉字
曾在一刹那，我差点
成为它的省略号

大海永远是摇篮，海浪
循环播放一场黑白电影
我看不见白鹭，关于它的去向
以及它的来路，我无从知晓
在一块秃顶的礁石上
我想起不毛的山岗
在空茫里感知无尽的延续

白鹭也许撞上转动的风车
也许义无反顾，奔向鱼尸
自由落体何等悲壮啊
不明其生，不解其死
我猛然悟彻：一切相由心生
海浪顶多是大海的一个鳞片
而我只是——
被鳞片摔碎的一个泡沫

白鹭

对于麋鹿来说
白鹭就是漂移的浮云
这朵浮云可以静立枝头
也可以逗留鹿背
在茂密的毛发间
翻食虫虱
春光无限好，黄昏
仍然在途中跋涉
一条鱼儿从水中跃起
惊飞了白鹭
而我在河水中看到
浮云倏忽消失
鹿背生长出一根白羽
轻轻的，暖暖的

放生

固定阳光，晒场和滩涂
把海水腌制成晶粒
盐田之上，词语和标点可以挤出卤水
海风绵长，调味诗意和远方

朵朵涛声，从大海深处出来放风
把苍茫写意成辽阔，本色
素描成白雪，风情
渲染成旷渺。草木一秋
并非一种说辞，夕阳滴血
盐花，在火烧云上
蒸发并放生自己

万顷滩涂，与蓝色的火焰相依为命
咸，作为一种宣言
本身就高于大海的思想
高于季节之变和风雪之寒
翻晒海盐，仔细察看
被命运卤过的颜色
正如在冬夜，撩拨白色的火焰
而寂静，则于瞬间结晶
冰封住古老的禅语

无数次流浪

九十九次随河水从你门口走过
你的定位就是原点
我始终不敢确定：爱情的
永恒定律，是否与梧桐落叶有关

流浪吧，跟着风儿一起出发
跋山涉水就是求证
在那个晚霞燃烧的前方
我剔除内心的荒芜和贫瘠
征服一座座高峰，然后
俯视峰峦，寻找坠落的鸟鸣

有歌声从海边飘来，略带
咸涩味儿，与流浪汉的汗味
有些类似。海水与星空
如此深蓝，到底是海水倒映
星空，还是星空映照海水
我无法解释，只能
在静思中迷恋朝露般的爱情

海峡

从海岸线的肋骨渗入。有如芒刺
海鸥成群结队钻入大海
海水，海峡，水草的蓝绿色背景
包括献给我们的冷风都是爱
而且，那是我在孤独的尽头打磨星光
夜空如水，我在她的氤氲下生长

而后我用海峡围猎海水。这些蓝绿
多次卷起巨大的漩涡
惊涛骇浪的嗓音已嘶哑，但比雷电
更具穿透力

我曾尝试将其呐喊导入大海
把海底的千言万语
打捞上来，并借助破碎的星光
沿着海岸线的肋骨
把冷风捐献的爱，像芒刺一样
一根一根
栽在蓝绿色的泡沫上

跟随一朵云流浪

云，月光，雪，未来
无法摆脱的，是白

银色隐藏在发端，像纺织娘
编织了老时光
而回忆，一直让我在黑暗中
醒着。沿着那片白
我晃晃悠悠走完一生

而今，人们不屑写信
微信里，浮云和羊群
在流浪。还是白
想起盐场，想起四月杏花
雪，正在密密地下

在你到来之前
前生前世，都是空白

隐匿

要时刻防止雨水腐烂变甜的词语
要时刻防止秋风偷走成熟的秘密

既然扎根沃土，就要学会
在黑暗中通过根须耳听八方
藏在土穴中的过冬之物
往往逃不过蚯蚓和蚂蚁的觊觎

看守灵魂，就是要把心
摊在向阳的山坡悄悄变为饱满的葵籽

看守灵魂，也可以悄悄隐匿在大洋的一岸
要么就在另一岸

第二辑　虚空之外

如何比喻虚空之外的词语
雪花顺着我的脚
覆盖到我的额头
我终于知道，原来你和我都是幸福的

捕风或独白

在平原，成片的白云
像汉字一样饱满

鸟鸣从云层深处漏出来
恍惚在梦中紧贴着一滴水

风往东吹，吹醒另一岸的人
可我常常也在想
捕风的人是否看到了他们的远方

一堆白色笼罩在空中，如同
这么多的白进入到我的梦乡

以夜莺的名义去反思
同时也是悲情的远方。一朵雪花
落到地面，没有一滴是白色的

大地是安静的，比以往更加谦卑
美之神告诉我，白云不白
无数的人在唱着惊心动魄的挽歌

串场河

波光下面，鱼儿在讨论
阳光折射的构架，艺术与重建
言辞如刀锋
沿着河床深入到淤泥骨骼
切割水草对前世的纠缠

我看到另一个自己
躺在莲蓬的手术台上被解剖
风轻声说，莲花里住着一个我
那个人只属于串场河

一抹乌云遮住月色
河流突然静止
仿佛间歇性的跳闸
迫使我和鱼儿中断交流
而夜空又恢复短暂的宁静

如何比喻虚空之外的词语

如何比喻虚空之外的词语
寒流冻住了我的思维，一场雪
压低了我的句子
面向深空吧，赶句子的人
率先步入到雪缝中，捞出一些形容词

在虚无中荡漾，找到一只蝴蝶
来自大海里的蝴蝶，它比鸟更早一步飞
如何飞，我一直在微妙地联想

我突然想到《诗经》的蒹葭，有一个人
踏着成群的句子，返回河岸之上

遇到幸福的鸟，说出我的名字和你的名字
如何写下这几个字？我找到那个人
他在水焰里睡着了，比我更早进入联想中

如何比喻虚空之外的词语
雪花顺着我的脚
覆盖到我的额头
我终于知道，原来你和我都是幸福的

穿越光源

总是把毕生所有拿出来感念恩人
总是把蓝宝石般的秋水兑换成远行大雁
总是把无花果的结局托付给生死相依
总是在催生，匍匐在大海心脏的种子
总是漂流在热浪之上
总是在耳中灌满海风叮咛
总是把赞歌献给永恒心跳的启动者
总是在昙花飘香的月夜敬拜光源
总是从这片光源穿越到那片光源
总是渴望在漫漫长夜打捞星光
总是在黎明之前守候光明涅槃重生

蝴蝶标本

那些蝴蝶标本
如同镜面一样平滑
它们折射出惊艳
活生生像个复杂的迷宫

我试着寻找蝴蝶的眼睛
与其对话，探寻它是否
想逃离木乃伊的潜规则

我恍惚看到
那双目光还依附在碧草上
精致如出走的人参
离开了温热的窝
留下了凄美的坑

春风记

那些年，北风南吹
白桦林里，隐匿着古老的仙鸟
人间像荡漾的秋千
也许，在这里没人比我更加亲近它
没有人回来，带走我的寂静
乡村被洗净，如巴特农神庙般锃亮
远方的游鸟，独自坐在井沿旁
他们心里住着一个月亮，那些年
南风北吹，赶渔人摸着黑
在黎明前，他说要拍到太阳的线条
要捕捉到那流淌的金辉
没人比我更加了解他
冬麦破土而出之前，他就大胆剪下
梨树的枝丫，赶上开往上海的高铁

月亮岛

这条河往东流，从茂密的水杉林中
流向海通镇，众鸟与我一般寂静
在寂静的白云中，我的忧虑被洗净
一隅的港口传来号子声。在我登岛之前
我就对出海充满向往。我住在海边小镇
却从来没有出过海，日日夜夜守着平原
做着漂流的梦，这个梦让我反复呓语
在暴雨中说着一些不温不火的童话故事
我也曾梦到过这么一个月亮的岛
白白的兔子在上面飞奔，穿过树林
奔赴未来，未来的一条远方船驶向
新开辟的岛屿，这上面都是疲惫的过客
有几只蝴蝶在不远处忽上忽下，像极了仙鹤
紧接着，波浪也随着这股节奏此起彼伏

勘探时刻

去沙河镇的那段经历
已被我向周边的游人讲述多次
也曾多次向他们讲述我在鄂尔多斯
画圆的故事。都说深空是个摄像机
一直保留着每个人前世的记忆
只是进入前世的秘术，早已失传

唯一可看的，就是几抹深蓝
深蓝里隐藏着几丝洁白
什么是白？白云一定很白吧
每天都活在它的幻觉中，无精打采
灰鸟注视着我，但它并不认识我
有人告诉我，那是幸福的眼神
一定夹杂着我前世的记忆

靠拢

这片久居平原的庄稼
被干旱紧紧捏住咽喉

云朵低垂，奄奄一息
枯萎正在向死亡靠拢

耷拉的头颅，拼命想从烈日中
讨取一滴水，或者汗珠

当枯萎成为一个动词
甘霖就是一剂良药
有风吹来，略带咸腥味
空气中的盐粒带着善念
被蒸发为水分，谁曾想
这让庄稼再次逢春
就像我张大着嘴巴
为自己生活在海边而庆幸

幸运该怎么表达

跌入水井中的月亮
很幸运
清水能把它拥抱
让它有了家

落进鸟巢的星光
很幸运
鸟儿能把它捂暖
让它有了爱

我被拢在故乡的炊烟中
很幸运
被土灶炒熟的方言
让我有了归宿

当夜晚与黎明交接
我与叮咛一起迎接光明

星光

百米之外，我分不清
星星与萤火虫
其光芒色调极为和谐
正如伤痕累累后
一旦回到童年的村庄，立即
就有萤火虫聚集过来
但我宁可相信：这是群星
头顶有祥光庇护

这并非逃避现实
有时，幻想具有神奇疗效
就像我钟爱
月光下滚动的露珠
那是闪光的菩提子
众多树叶双手合十，祈福之词
星光般轻拂

这样想着，寒意渐去
夜色竟然散发暖意
虚空中，星星晃动火苗
我乘风后退，置身于百米之外
尽力挽留星星与萤火虫营造的幻象

水珠

从子夜开始，我就与
一粒水珠较劲
俘获我的：还有兰花
星光和薄雾。如此诡异
我被这个组合完美囚禁

星光高悬，映照在
水珠里，淡然，神秘
久久凝视，水珠
不知何时爬上我的眼角
泪滴带来的细腻折磨
隐含痒痒的假释
仿佛生活松绑了纠结的绳索

风微漾，水珠在兰花上
抖索，透过薄雾
好想钻进她的心脏
邂逅一个关于水晶的童话
却被拒绝或驱逐
就像被隔离在玻璃幕墙外
碰得头破血流，却又
一次次奋不顾身

行走在时光的纬度

北纬九十度，截取某个时光片段
我学会抛弃纠结。这么多年
你一直与桃花约定终身
桃叶泛绿，你就绽放在桃树顶端
让我翻来覆去品咂这个复杂的季节

春雨与你同呼吸，我惊诧你的
那一瞬间，万紫千红只能
烘托这个春天。你却在大地上独舞
此时此刻，我分外羡慕春风
它随时可以拥吻你
这个纬度深如潮水，一边浮沉
一边荡漾，唯有我还在风中一边苍茫
一边打湿岸边的桃花

又是一个不眠之夜
徜徉在万物鼎盛的时光里
我张开双臂，深情拥抱
春夜遗留下的岑寂

海市蜃楼

我无法朝拜冰凉的月光
凄美得令人战栗：任何赞美
都不足以表达我心中的炽热

有颗流星从银河里悄然滑落，钻进
蓦然出现的藤蔓丛中。缠绕的月光
比银鱼更柔软，不知不觉
吞没了枝叶上的露水

谁能辨别那一份漆黑
或雪白？逐渐退隐到云层内
我就是惊艳的昙花，痛楚
如海市蜃楼——
真实而无法安抚

童年时的雨水，依旧纷飞在
虹桥上，赤橙黄绿青蓝紫
停留在记忆深处，我告诫自己
——不再流泪
我们还没有彼此读懂，仿佛
山峰对坐，静默不语
在斑斓云霭中：缥缈成仙

那场大雨淋湿了心思

还是那场大雨，淋湿
天边的云，淋湿夜空的星星
也淋湿我密密麻麻的心思
每个雨夜，与你深深交融
关于侵入的话题，以及
面颊灼烧的温度，均被雨水
冲洗一空

鸡冠花吐出暗香，众多词汇
自沉睡的波纹下方翻涌而出
怀念比刀锋温柔，轻轻
割开世俗之茧，爱情就喷薄而出
正好弥补生命与时间的缝隙

沟壑垂直：雪，雾，雷，雨
与悬崖边的老松开诚布公
千年忏悔已不再重要，过眼云烟
必须清理干净。孰是孰非
都被雨水反复稀释
有些爱恨情仇，与生俱来
有些怜悯感恩，温暖如旧

无名之河

跋山涉水，我一直怀揣着你
你没有奔涌激荡之势
也没有惊涛拍岸之威
更没有卷起千堆雪之壮观
但你的沉默与温驯
让我在缠绵中感受故土情深

我说不出你的名字，但从童年起
你陪伴我到现在。剔除一些客套话
我无法用词语表达感恩
一直想给你起一个乳名
可所有的文字变得陌生
要么不接地气，要么牵强附会
我一次又一次
把文字当作魔方摆弄研究
只为你拥有一个亲昵的称呼

一条无名之河成为风的向导
流淌着安宁与诗意
让我在河床深处埋下无名种子
期待结出一个朗朗上口的好名字

新桃换旧符

春风回暖，新年钟声
还在回响。来一口
大碗屠苏酒，余香便在
口中散发朵朵祝福
爆竹烟味，唱腔
一般柔韧
无处不在地搂紧我

年复一年，我在阳光下
种植红彤彤的甜蜜
把一些不如意和烦恼
从旧符上抖得干干净净
然后在新桃上
积攒关于憧憬的话题

而一些不为人知的消息
以及雨雪和鸦鸣
早已翻山越岭，远远遁去
从此不被惦记
也无人认领

在初春里飞翔

从来没有比燕子更急：对春天
怀念如此强烈！冬雪还没
来得及撤退，我就迫不及待
借助晚霞烘干它。如果爱
请在春天莅临之前
把最嫩最绿的柳芽捧出来

四季之首：开场白必须敞亮
泉水流动的不是音符
这样的表达已被潮流荡涤
创新总是随着百花拔节
不必犹豫，行走在解冻的路上
飞翔就是另一种姿态

来吧，来吧——
初春，不要羞答答
我的双臂已化为机翼，为你逆风导航

雄鹰划过白云

距离永远隐藏在无限辽阔中
同样是肉体凡胎，但这个
翱翔天空的酋长，负载更多痛苦和梦想
我必须仰望，直至脖颈发硬
方能从风里嗅到神性之味

雄鹰划过的白云
比骨头更轻更硬，试想一下
这个孤独的艺术家
与雷电暴雨搏斗
能够观战的概率有多少
我们只能在幻想中虚构
力争让小说开出诗歌的花朵

高空中那一个模糊的影子
透露几分诡异和神秘
我在仰望中，感知
何为半佛半仙
不可否认，雄鹰已经成为
我坚持活下去的唯一理由

与大河逆行

何等悲壮？与大河逆行
驮载浮冰，迎着劲风刺进去
睫毛和头发上的冰花
不断割裂寒气

此时的冰冻异常坚硬
河流滞缓流动
谁的歌声在前方引路？谁在
梅影埋香？我的口中兜满风
在坚冰上一步一滑
逆行，是一场深入骨髓的较量

暗夜捎来亡者口信
不置可否地为我改写命运
与大河逆行？还有什么
商讨余地，除了义无反顾
我别无选择

视线之外

是屏蔽？还是选择性失盲
我无从辩解
梅树虬骨上的瘤痕
触目惊心。雪花精疲力竭
散落庭院，随遇而安
这一切，恍若在梦中

风在混沌中描摹蛋青色
这种无形的存在
让我看到，腊月在梅枝上
滴血认亲，嫣红
一点一点泄密。视觉
有时需要用惊喜来调色

一叶障目，褒还是贬？
我不能对任何词语轻易定性
请允许众生
在寒意未退之前解释
视线之外可能出现的一切奇迹

一只鸟

一朵云，在河流的倒影里
孤单迁徙。这让我想起
初冬的一只鸟
伫立在残荷旁，悄无声息
我猜测：它在用自己的孤独
拯救另一个孤独

想到这里，我的眼睛
就脱离了孤独，泪珠滚落
一粒接着一粒
我愿这些泪珠结伴迁徙
让那只鸟，不再孤单

也许，迁徙只是一个过程
只是慰藉更多的孤独
就像我写诗，纯粹为了
给灵魂找一个
可以私语的文字或标点

荒漠流浪儿

风起云涌，流沙只能
圈住一片月光
沙子各归其位，搀扶起
黑白分明的故乡

没有界址，弧线与入侵无关
更多的是拥抱与交融
可以确定：每一粒流沙
都拥有自己的地盘
梦中，那些星光或飞鸟
是久未谋面的亲人
发光之夜，我始终无法看清
其脸庞，只能俯瞰
他们手挽手
摸爬滚打，共进共退

这些荒漠流浪儿，早已筑起
命运共同体
慢慢演变成白色的汁液
或黑色的秩序，反哺苍茫大地

长临河

而今我跨步一走，掰着指头数了数
四顶山、羊羚山、茶壶山、青洋山
其实白马山也可以一直通到白马车站
西北吹来的风与东南吹来的风
用身体碰了一下

这声响像冷静的凉风突然吹过
吹醒麦子，吹醒油菜花
吹醒青黄交接的春天
我悄悄地瞄了一眼，夕阳
揪住了浓烟，拽住了向东流的细水
如今我的朋友住在寺庙中与人谈经

一艘商船驶过大河，他敲了一下铜钟
最后一朵梅花悄然落下

城市

我缩紧自己浑身的状态。大约
遇上一只狗，也怕冷！狗也曾是我的亲人
我走到中间，还要等一个多月

即使我跟着走，梅花依旧羞涩
像婴儿那样，躲在枝丫上，我想抚摸
摸向土地。我的身体开始无限温暖
在冬日的阳光下干干净净

这座城市，如同为女子描眉
我和父亲晒着太阳，坚定地站在这里
放眼望去一地的青梅，立根生长
借着城市里的光，裹满全身，向着久远
也像一个孩子，把世界都要灌醉

雪中闻

留在北方的麻雀
衔住蓝色的玻璃
枯枝再次截掉一小半
中年女人不再打伞
浑身裹住灰白色的塑料阁楼
这是她为孩子准备的玩具

泥土泛起了草一样的绿
落叶再次被打上冷雪
远处传来断断续续的狗吠声
如同对冬天宣战

旧草棚承受不住负担
呈现出轰然倒下的状态
一个八旬老者行走在大堤
仿佛在逃离大雾
仿佛也在逃离他记忆里的童年

大雪，是春天的伏笔

地表之下，雪的泪腺
特别发达。我一直感动于
这种以融化的方式
反哺所有生命

大雪，是春天的伏笔
而倒春寒，恰是最温暖的孕育
翻开积雪，种子正加速赶来
一些记忆，从冬眠中复活

不能苛求冰雕万年不化
我相信，浮冰下面
只要有鱼群追随阳光
并大规模迁徙，希望就不会
止于流水。而僵化与腐朽
必将埋葬在白雪之下
绝不会沦为废墟

大漠冷月

细沙如水，冷月悬浮
经历构建了一道虚线，弧度
柔顺却暗藏锋利
让人生不再瘦骨嶙峋

把自己搁置于沙漠之顶
远离刀光剑影。边疆
从未冷却过，总有热血
在沸腾，在燃烧，在悲歌
而战马，扬蹄而起
长嘶声中，乡音含泪

风又起，夜微凉
广寒宫里，叮咛密密传来
淋湿了未酬壮志

夜色美学

滑坡的线条笔直
我只能以树桩的姿势
立于暴风之顶，倾尽全力
阻止圆月滚落
也许这是杞人忧天
但家园再也经受不起任何折腾
人类太需要光明
尤其在辽远苍茫的沙漠

残云四处游走，入眼的
孤单，苍凉，荒芜，贫瘠
而我是幸运的，一匹
走失的野马，前来邂逅
它迎风举蹄，与我守护光明

苍月，野马，荒漠
以及一个举目寻亲的人
赋予了夜色之美学
更多神秘和灵性

一只麻雀

叽叽喳喳……有声音
钻进我的耳鼓，并继续钻进脑袋
然后又游到瞳孔
眼前一亮，有一只麻雀
站立窗台。这时
我甚至怀疑瞳孔就是玻璃
互相映照并拥抱
只是，玻璃上污痕可以洗净
而瞳孔里的杂质如何清理

我与这只麻雀素不相识
也许，它曾悄悄探视过我
让我从内心翻找到
埋伏已久的恩情。我可以肯定
这个早晨，万物都在蒸发，消失
除了麻雀，再也没有什么
能够让我受宠若惊

水曲柳的宣言

云霭在上，统领山谷春光
季节多雨，其实是水曲柳
之前收集的冬雪。只是
稍不留意，被深山
酿成了泪滴

我习惯在水曲柳下，接受
东南西北风的检阅
无论哪个方向，都让我
在偏僻的美中完成使命
这是一种宣言，正如
流云很白，天空很蓝

水曲柳，从不会收割
掌声与赞美
对于表演，权当一次消遣
他唯一的感恩是
与鸟鸣和阳光，毗邻而居

小夜曲

小夜曲，在夜色中行走
风向就是水流
它的呈现方式相对特殊，取决于
感觉和视觉
我徜徉在旋律中
如同给自己虚构一个名字
迷恋且不可自拔

我相信，夜色很重
仅靠几粒寒星，无法照明
萤火虫把身姿放得很低
几乎贴近水面滑翔
像不堪重负的人，探寻
更为便捷的路径

就陌生而言，小夜曲
绝对胜任所有的润滑剂
不知不觉，促使你与万物融合
就像露水与花瓣
彼此倾听并拥吻
而我，只能以一首诗
对大自然的谱曲者表达敬畏

人间书

山川与星宿心有灵犀
哪一寸土地没有埋过先人的骨骸
哪一株野草没有沾染过祖辈的气息
树叶与树叶进行阴阳两界的无声交流
内容比月亮惨白，白过常识

人间，比天地更令人向往
奇花异草，峰峦叠嶂，江河奔涌
那些雨声滴答，无不暗孕天地变数

人真的要向动物学习啊
尤其要善于在纷飞的大雪里冬眠
做一个潜伏于大地的思想者
一觉醒来，莫名的鸟语花香又在耳畔
而秋风，隐匿在无穷的远方
四季像一个古老的定义域，那些开往
人间的几列火车，被我悄悄记录下来

拯救或延续

二十年前的稿纸泛黄
有的诗歌有头没尾
有的诗歌只剩下了最后两句

风声散落耳畔
零零碎碎恰似母语
偷偷抵达云层之中

一些赞美比花鲜艳
一些呵斥比山沉重
一些暗示比海深不可测
毋庸埋怨，这些都是关爱在结晶

雨滴在路灯下连绵不绝
灵感晶亮剔透
飞溅到笔尖，那些残诗
包括空行，在闷雷声中传来啼哭

此刻，稿纸就是产房
一行行古老的生命，被慈爱哺乳
得以拯救或延续

大雪不再静默

大雪——诗歌的近亲
藏头诗往往潜伏在积雪之下
一层一层覆盖，到底想掩盖什么
根须窥探不到，枝丫
透过浓浓夜色，却无法
向夜空泄密，无法向黑云坦白

雪花比海涛更具迷惑性
若不细看，你误以为她们在狂舞
其实那只是风的轨迹，也可以认为
是她们的诗技

我在雪浪中逆流而上
被一片又一片雪花击中
远处的白桦林在呻吟
底色已被漂染成新的伤痕
风掠过，大雪卷起我的安静
她们不再守口如瓶，把潜伏在
雪底的秘密抖得一干二净

人生

深入一种陌生语境，触摸到的
不是软肋，而是找到
自己的根。页码和文字
等着你来寻亲，封面只是
一扇虚拟的窗户，打开后
你就体验到流水以外的疼痛
在深夜阅读，你就收起了锋芒
像弯月，用朦胧
为夜莺疗伤。风在裸奔
干净而坦荡，被我笔下的诗歌
一遍又一遍抚摸
深秋如水，把我漂黄
我不甘在锈迹斑斑的浑噩里
隐姓埋名。谁说
枯木不能逢春？躲在一本书里
读着，读着，你就变成一张白纸
一切从头再来，你的人生
与钟声一起破壁，与细雨一起
抒情。哲理都是人生的血脉
而我，仅仅成为流动的一部分

苍生

日子所剩无几，用意念
铺展的大草原，辽阔如墨
写不尽每一个物种的细节
所谓神秘，不过是
尚且无法解读的飞白
飞白不过是白马飞行的技艺

立春过后，天地终会亮出底色
阳光慵懒而又漫长
一只雨燕，正好填补了
春雪消融后的空白
面对早春，我无意过多言说
而各种说不出名字的花草
早已从寒冷中脱缰而出

苍生啊，万物因你而睁开眼睛
我早已把自己安置在微弱的光芒里
静坐一旁为你研墨润笔
为一簇簇永不熄灭的火种写生

谏言

词语冒出火药味，闪电点燃
导火线，火花嗞嗞作响
从乌云积压的隧道里火速钻出
如长枪直戳心窝
彻底引爆雷霆之怒

谏言只懂短兵相接
从不顾虑泥土肉身，是否能够
承受暴雨狂射的箭镞
也不屑以心计作为盾牌
龟缩一隅苟且偷生
如果忠诚可以挽救家园
即使死亡一万遍，也绝不会
让江河皱一下眉头

江山在烟雨深处飘摇
谏言一次又一次被刀劈斧削成
墓碑，只留下忠魂反复吟唱
其味甚苦，像一剂猛药
为春城草木祛病去疴

烟斗者曰

把杂念摁进烟斗
证明你已经看破红尘纷扰
借着星光点火，你的手颤抖如蝶翅
火苗反复扑腾，烟叶终于暗红
猛吸几口后，火星开始吞食辛酸悲苦

几许轻烟，把青春和爱情
一起燃尽。而烟雾最擅长绕指柔
仿佛炊烟带你飞回儿时的村庄
你依稀听到蝈蝈高唱赞歌
青蛙为丰年赋诗，稻香
成片成片地漫过记忆

夜已深，你用烟斗轻轻敲击
木质门槛，烟叶入土为安
就像不经意间掸拭落满灰尘的过往

花瓣雨

一场雨，把春天描红染绿
众多词语，被风吹远
书页的内容被掏空，正好
给花瓣腾出位置
细听——有音节钻进窗内
吐吸之间，摁灭
对寒冬的怨念之火

柔风轻轻翻阅过往
爱情就张开嘴唇，语言
由羞涩与甜蜜组成
更多时候，心事包含叶绿素
与疼痛互相照耀

清晨如此潮湿，我用
能够覆盖的文字纵容你
再以浪漫的诗句
打个结，把你拥入私人的花园

玉竹

秋风偷偷注入寒意
杀机薄如蝉翼，仿佛刀锋从地面掠过
落叶残骸满地
枯草相对识趣，悄悄匍匐于地
唯有玉竹
这个从《本草纲目》中
化名为葳蕤的妹妹
承袭了竹箭杆的品质与基因
在厚土上修成隐士
让料峭学会彼此谦让

和平未必取决于刀光剑影
以柔克刚更加技高一筹
扁平椭圆的叶片，恰巧
是寒风的克星：风从叶片滑过
不留一丝伤痕
那些灯笼串，以及蓝色浆果
撑起厚重的夜空
我们在索引，那些被拐跑的孤星
教它们领悟：性平，味甘，柔润
只有如此，才能更耐寒
才能在深秋的风中穿行，拯救

一些原始的绿

一颗流星，提醒了我
我就是驿站，把自己建在
玉竹身边，让它随时可以抱住
一棵大树，像抱住哥哥
一起在风雨中，茎干强直

骏马从天际碾过

乌云无法熄灭草原绿焰
漫天雨水只不过火上浇油
雷声再猛，也只能在云雨之间发泄
在草原，千万不要制怒
实在忍耐不住，就跟骏马散心吧

此刻，你也许想骑着白云
从大草原飞驰而过
臧否一些有争议的人物
或者为一些杞人忧天之事
惶迫不安。抛弃那些沮丧的表情吧
骏马已经奔来，成千上万的马群
从天际碾压过来

那声势，不等雨脚消停就冲过毡房
草原绿焰瞬间消失：黑色、棕色
白色、黄色、红色鬃毛
举起各色火焰，呼啦啦迎风招展

咴咴咴……驰骋之后
我放飞一些嘶鸣声
坐看草原绿焰更加旺盛

遗落在黎明的马镫

露水微凉，清洗不掉
马镫上的斑斑锈迹。黎明
呈现古铜色，正好装饰
沧桑和风霜。在河水暗涨之前
草原还在沉睡，跑马汉子
早已下落不明，而马头琴声
成为骏马赖以续命的唯一能量

谁在敲击马镫？声音沉闷
仿佛有铁屑掉落
甚至夹带薄霜细雪
马镫来历神秘，只有草原
了然于心。对手即知音
有人在暗夜星空下过招
鹿死谁手？在一条无名之河
马镫：观棋不语

夜之诗

在白纸上，用文字虐待自己
竟然毫无恨意，一行行
蹦跳出来的意象
像雨点在水面跳跃
我相信，水底一定掌声不断
幻觉常常不约而至
仿佛墨水滴落在夜色中
当你发现时，白纸
早已在虚空里留下横撇竖捺
像不像？鱼儿在荷塘里
寻觅知音，秉烛夜谈
像不像？路灯在夜空中
拽住星星，挑灯夜读
电闪雷鸣，风雨交加
笔尖在纸上点燃火药
硫黄味塞满了
身负特殊使命的词语
随身携带的正义，比火柴
更加易燃，为引爆埋下伏笔
夜已深，文字再次造访
丝毫不在意：星星之火
可以燎原的迹象

复制与粘贴

故乡的河道是一个巨大的复印机
从滂沱大雨中注满彩色墨水
春风一吹，村庄就在水中复制出来

那些水草和鱼泡，是我遗落的
童年笑语。躺在河畔
柔绵的茅草，把我拥入怀中
一闪念，多想进入梦乡（找到了奶奶的怀抱）

迷雾环绕，清晨成了一幅朦胧画
我在空中随手一抓，手掌便有
湿漉漉的泪水流出。曾经的
辛酸与坎坷，被阳光渐渐蒸发
最后复制在我的记忆里
多想放声高歌（一些儿歌涌出来）
思绪开始飞翔，与爬山虎一起返青

复制，与克隆无关
更与私人订制无关
它只是把一些美好与遗憾
粘贴在不时浮沉的脑海中

爬山虎

从草丛中钻出，从尘埃里出行
在高墙的最底层，丢失了
阳光，雨露，悲欢，荣辱

为了出人头地，背着青枝绿叶
如蜗牛匍匐前行
用坚忍把自己逼到绝境
甘愿冒着风吹雨淋和烈日暴晒
向上，向左，向右……
向着荒凉地带发起冲锋
一路小心翼翼，深谙
欲速则不达的要义。在求稳中
占据一些分寸之地

纵然尸骨无存，也要让世人看看
绿色的生命，旺盛如江水
面对爬山虎，我枕着露水，怀抱月光
在卑微和渺小背面
仿佛一个流浪汉

月宫辞

月宫清寒，桂花树
远远不能阻隔望眼欲穿
玉兔已经老去，吴刚扔掉斧头
只有我，为世人津津乐道的
传说忏悔：嫦娥奔月
由贪婪编织的浪漫，多么可悲
桂花树，不知何年
叶落根枯？后羿啊后羿
难道是神箭上烈日余焰迸溅到
月宫？让我永承良心炙烤
还是担忧抵御不住
寒冷？送来火种为我取暖
其实月宫早已成为囚牢
泪珠滚落千年，在凡间厚土
种出万物
今夜，我把月亮移动至那片荒地
映照出桂花树的葳蕤与奔放
让你看看：千枝百叶
曲线何等柔美，就像我
日夜为你起舞

从飞雪中游过

树杈上的鸟巢就是一座孤岛
风在无形中奔腾如巨浪
你细看：那些雪花在飞舞
在翻滚，在空中呈现出一丝
波涛的轨迹
鸟巢如一叶乌篷船，摇晃在
本来就已摇摇晃晃的树顶
黑色枝丫，就像数根大铁锚
在大海一样稠密的雪浪中
紧紧抓牢远在恐惧中的深渊
我不知道鸟巢里有几个
可爱的生命，它们还没见过
大风大浪。大雪纷纷扬扬
它们如何安然度过？飞雪中
鸟巢寂静，比城市中的孤岛还要寂静
湖泊目不转睛注视着枝丫
黑鸟发出一声鸣叫，类似叽叽喳喳
我知道这种映照是最真实的
它的善意明亮如水镜
镜里开着一朵水棉花
鸟巢从尚未结冰的流水中缓缓游过

关于昨天

昨天不是时间，而是
一个地方
就像旋转开一瓶干红，那些液体
不是果汁和酒精，而是
被岁月泡红的记录

从昨天的漩涡中游离出来
一些陌生或熟悉的人和事
已经停止与我交流
我开始偏执，认为我被游戏了
所有的关爱都在喋喋不休
然后，我沉溺于错误的梦中

我开始剥离鳞片，伤疤鲜血淋漓
还沾着昨天的回忆
我用疼痛覆盖焦躁与不安
秘密越来越浓稠
我却忘记了一切，而明天
依然沉睡在昨天的角落里

无名河边

柳条一直在水面上挥舞
春风知道，它在为这条无名河
题写名字。

柳条太过考究，一次次题写
又一次次抹去，一个名字
竟然令其不知何时步入夏天

一个凌晨，柳条拂住我的肩膀
讨教起名之事。就在冥思苦想之际
两只白鹭飞起，它们瞬间
就弧形地升到半空，翅膀接连扇动
那两点白，在蓝天缓缓移动

柳条终于宁静，低头凝视
河中的影像，所有名字
都不如无名更丰沛辽阔

垂钓往事

你坐在暮云上，河水就在
头顶。与其说这是一幅倒影
不如说是剪影，打捞上来
依旧波光粼粼

正如你抬手遮眼，粉色衣袖里
往事泛起涟漪，巧的是
衣袖与近处的桃树
形成犄角支撑，为深藏的爱情
遮风挡雨

谁能预言我的后半生
不在石碑上镌刻后悔
而今，我努力禅定为一棵树
天天守着你路过
假如看到你悲伤，我就在泪水里
垂钓往事

伤痕

左手虎口处，有一个刀疤
类似外公的荒坟，落魄而寒酸
又像一个残坑
不知曾经栽种过什么

那是童年跟着外公干活
刻下的记忆，一块小伤疤
凹成一个温暖的小窝
时常召唤出走多年的故人
回归

第三辑　时光背影

拿着一个白色塑料袋
追捕飘来飘去的萤火虫
在乡下，这无比奢侈
我拎着光明赶路，向星星炫富

给童谣一只纸船

给童谣一只纸船
河流就灵动起来
水草和蜻蜓
与其相依为命

无数次在梦中，我踏水而来
在童谣中翻找影像
找着找着，迷迷糊糊间
我沉睡在童谣里

如一株水杉伸长枝丫
把所有夜色揽在怀里
为童谣放松心灵
载着记忆，流向遥远的月光

拎着光明赶路

那一群萤火虫，去世多年
一粒粒绿光紧跟着我
每次走夜路，都依稀看到
微弱的光体，从树叶间漏出来
我看不清它们的飞行技巧
而它们的光源却栩栩如生

长夜漫漫，我把自己扔在
月色中。凉风如水拂来
我逆流到童年
拿着一个白色塑料袋
追捕飘来飘去的萤火虫
在乡下，这无比奢侈
我拎着光明赶路，向星星炫富
邻居提炼薄荷的味儿
不离不弃地尾随我
清凉：渗入夏天的四肢百骸

时光如水逝去，至今我都迷恋
星空，仿佛看到一个小孩
提着一袋萤火虫
在银河岸边，撒腿欢奔

郊外游戏

坐在枯草上思考
来自童话镇的花匠告诉我
花园已有了新的名字

郊外，流浪猫在草丛里穿梭
它的背影像某个壁画中的彩绘
平庸的日子每日如常
一会儿暴雨将至

老人在农庄里摸索着什么
青蛙的叫声突然传来
一会儿，暴雨停止

远在城市的骑士收到了一封信
延期举行队伍操练

旧闹钟

沉寂多年。滴滴答答的跫音
沉睡在灰尘里
钟鸣，依然在岁月里嗡嗡不绝

世俗的光阴走得很慢很慢
野草在春来秋去中循环演绎生死
我把其视为一种古老的哲学

就像我持续吞吃每一秒光线
却在远方南辕北辙，糟蹋光阴

时针秒针均已生锈
我无法断言是闹钟挽留了时间
还是时间拒绝了闹钟

秋天的杂货铺

我抬头望了望屋梁
悬停在半空中的红蜘蛛
很少有人做过这么一个实验
在夜晚拿着探照灯近距离拍摄它
宛如拍摄一个星图一样
我从未对陌生的事物如此凝视过

这就是秋天的杂货铺里
举目无亲的虫子飞得到处都是
对这个季节我真的是一言难尽
偶尔会产生短暂的悲悯
不仅仅是对这些突如其来的造访客
也是对我身后的这一片大海

冬瓜

没有谁比我更理解：冬瓜
这个大块头的低调与内敛
静静趴在叶伞下
顺从一株茎秆牵线搭桥
结婚生子。大肚能容
瓜子让家族更加人丁兴旺

在葫芦科大家庭中，冬瓜
一直坚守憨厚，质朴，温润
无数个红霞燃烧的傍晚
我在菜园里与冬瓜拉拉家常
细微的晚风，充当翻译
偶尔一个单词错误
立即被瓜叶下的蛐蛐纠正

经历一场风霜后，冬瓜
再也不提沧桑
成熟与死亡，都无法衡量
自身价值。唯有向人间
完全交付自己，那些
曾经飞翔的生命，才能为
世人荒芜的内心充饥

番茄

不知哪位画家，偶然把你
从狐狸的果实魔咒中解脱出来
让世人品味狼桃的体香

夏雨过后，我梦见一首歌
歌词甜中含酸
我姑且当它是一场酸雨
也可以认为是番茄在流泪
越是这样，番茄的种子
就化为一个个文字，在跳动
在起舞，在重新组合
让我在歌声中迷途忘返

月色朦胧之夜，凉风就是刀片
剖开番茄的肌肤，让多汁
果肉，向天地呈现卑微之美
就像我对诗歌的痴迷
就像我把自己捆绑在风雅颂上
就像我搬起石头，深深沉入诗海
多么悲壮：所有翻涌的浪花
都带着咸涩与酸甜
簇拥我与番茄喜结连理

韭菜

没有主侧根，一根筋倔强到底
下部生根，上部长叶
生活简单到极致
割完一茬，继续疯长
生命力旺盛仅属表象，可贵之处
在于无止境付出

根韭，叶韭，花韭
以及叶花兼用韭。这些学名
经常光临我的梦境
成为一个发光体，沿着
四肢百骸奔流穿行
为我补肾健胃，为我止汗固涩
为我在星星熄灭之夜提神
而我，从未带走任何
梦中之物

我一直想在银河两侧播种韭菜
用这种洗肠草，镀亮群星
这绝非胡思乱想：韭菜的长势
完全可以搭建一座桥
牛郎织女：从此免受相思之苦

四季豆

不从豆架穿过，不算真正的风
这个念头，纠缠我多年

以四季命名的植物
当之无愧包罗万象
其分量不言而喻：谁敢
质疑或是更名？细长身子
在豆架上摇来摇去
菜园子弥漫出无形力量
春夏秋冬，在豆荚里孕育
一粒粒豆子，饱满结实
紧密成排。心连心贴在一起
相拥如石榴籽

哽咽，颤动，感激
我在风中打量它们
蟋蟀开启单曲循环模式
小夜曲让整个夏夜格外动听
沉醉在菜园里。我发现自己
早已挂在豆架上
与四季豆亲密如孪生兄弟

油菜

生性叛逆，从十字花科白菜家族中
变种而出。我是否可以
悲壮地理解：跳入高压炼狱
为世人献出最后一滴油

天边有雨水趱来，它们充满怜悯
既为浇灌，又是降温
让我深深懂得：滴水之恩
当涌泉相报

满目金黄的花朵，璀璨醉人
蜜蜂成群采酿。那些
赞歌，一直被人们
如此描述：不为争芳斗艳
只求价值沸腾
这个酷暑，我躺在油菜花中
安然度过又一个完整的夏天

纸飞机

纸飞机在小区飞翔
载着顽童的笑声和梦想
一直向前，像标尺
我可以断言：这个小飞行员
内心正与大漠雄鹰试比高

树荫就是帐篷，柳条挥鞭上马
阳光刺眼，比锋刃锐利
雨水许久没有来访
我隐约听见：纸飞机呼啸之声
如闷雷退潮

听小孩口音不是本地人
而纸飞机的滑翔之音
却是地地道道的本场话
欣慰的是：他们并不陌生
仿佛在异国他乡
偶遇老家人亲密无间

与风拉拉家常

从屋檐跌下来的风
爬不过篱笆，即使有丝瓜藤助力
也无济于事。躺在浮云底下
天空不再高远，比平原
更低矮的是：无奈和落寞

说辞与借口总是相敬如宾
我被两股风夹在庄稼里
谁能体会：播种丰收之后
那种左右为难
这——绝非空穴来风
你可以试试，用稻香置换蛙声
用琐事交易安宁
罢了，不要抱有任何幻想
且静坐田埂边，与风拉拉家常

真的不能道破

针眼细小，但可以居住
不必质疑：我的心思真的渺小
甚至不敢与灰尘较劲

我把自己栽种在虚空里
呼吸是灵魂，思想如土壤
晨曦微凉，我被雾霾疏忽
在朦胧中寻找天空
面对如此境遇，必须心怀感恩
即使心思再缜密，别人也能
窥探出地貌：心思起伏不定
无异于发配一些秘密

好想与鱼儿为伍，沿着
水中裂开的光芒前行，水草
就是两侧树荫。流水呵
叮叮咚咚，把一阵阵颤音
试图从鱼唇中拖出来

有些事物，真的不能道破
比如水泡，比如杂念
比如我心中深埋的爱恋

不要责备秋风

庄稼早已成熟，秋风四处奔走
在检阅，在高歌
我要为秋风打结，留住
果香和喜悦

你相信天空会长出一片丛林吗
你相信石头会开花结果吗
黄腹山雀飞过山顶
并不决绝，反而有些迟疑
抑或忐忑。地平线伸向远方
带走了下眼睑泪痕
我极力说服自己：不要责备秋风
收获时节，应该好好庆贺

南方以南，阳光爬上脸庞
秋风在山腰拐了个弯
把云朵投下的阴影甩在身后
我分明看到，有雏鸟在练习啄食
它以秋风为榜样，反复
在运送粮食的必经之路
练习如何解结和生存

拯救风铃

叮叮当当……
时空里回响清脆，尘埃安定
流水回归到季节冰点
云雀静立枝头，云朵停止流动
我沉醉在花蕊中央
任凭风铃声一浪一浪
轻轻流淌过来

一言不发，成为最好的选择
风越大，风铃声越响亮
我知道：风铃与风相依为命
风，就是风铃的延续

有时，风也学会静止
我就在门廊下，轻轻敲打风铃
不仅打破了宁静，还驱散了
孤寂。其实呵
更拯救了风铃的生命

东风从纸上刮来

周郎与东风无缘，至今都在
赤壁留下长叹
我一直在研究风向的脉门
东风如何从浩浩汤汤的江面
奔涌而出？雷霆之势
横扫千军，樯橹于谈笑间
灰飞烟灭

时有东风从纸上刮来
那场大火
一直在我诗歌里噼啪作响
所有文字冒出火星
每个断行散发出焦煳味

东风激荡，长江盛满美酒
英雄豪杰聚集月下
为如画江山洒酒酬月

听石头说话

石头不会说话，沉默
是唯一的表情。哪怕时空辽远
哪怕黑夜在黎明变成浅灰
哪怕朝霞燃起烈火
或者暴雨从高空砸下
石头依然不语：生活的线索
悄悄在身上留下胎记
尤其在夏夜，石头与一些
质地坚硬之物擦出火星
迸到天空成了繁星，落在
草丛成了萤火。这些灵感呵
仿佛最纯净的光
在浅草覆盖的河畔起舞
你仔细听，听
石头在寒冬里严丝合缝了
它完成了岁月的编年史
西北风的呼啸声从头顶掠过
我看到了刻录在石头上语言
不再质疑：真的听到石头说话
而且其声音：有迹可循

峡谷隐喻

我常常把眼袋比喻成峡谷
睡眠越少，峡谷越深凹
这是一个极度逼真的日记
记录沉淀似海
从不屑用谎言修饰衰老

几度修辞之后，我的额头
也出现了几条峡谷
时光在里面静静流淌
它们并排共存，互不冲突
仿佛平原上的几棵树
用孤独烘托孤独

余晖拂过峡谷
暖意停留其间
这可算为上苍的馈赠
可能当作岁月的弥补
这样想着
既能满怀感恩怀念过往
又能心安理得度过余生

聆听大雪呼吸

草木已进入沉睡状态
河流也开启冬眠模式
窗外，唯有雪花早已苏醒
从寒气中隐隐传来细微呼吸声
村庄熟稔如斯
却在一夜白头

大雪在汹涌，在呼啸
沉默被冰封，恐惧被掩埋
大雪在眉梢下纷扬
呼吸声似有似无。某个时间段
嘴唇如枯井，落满白色思念

凌晨两点，起床到路口铲雪
我的使命，就是
堆一个不起眼的雪人，为你擦亮
一丝夜色。大地雪白如纸
不落一字：这极易让人产生幻觉
呼吸声渐渐清晰，被风捎向
远方的风雪夜归人

月光帖

风轻吹，枝叶摇曳
月光被切成碎片
粼粼光斑庇护打盹的小黑猫
不远处，鱼塘偶尔传来声响
鲫鱼在吞食月光
一圈圈感恩，在水面荡漾

紧邻鱼塘的是南瓜地
一只只饱满的瓜崽
匍匐在藤叶下，月光成了秋衣
恍若穿在一滴水身上
村庄剔透起来
薄雾，高粱，野草，田垄
皴染成秘境

月光蹚过农家小舍
菜园子的小腹微微隆起
水井在夜色中分泌胆汁
不知名的花草舒筋展骨
此刻，蝈蝈歌声嘹亮
它比庄稼更清楚井水的甜蜜
月亮穿云而来，我坐在井边

为月光抒顺思念
一起观看身体里的潮起潮落

桂花树下，一只杜鹃振翅远去
落寞的村庄，一直依赖
孤寂充饥。而今只能借助
喑哑的月色
悄悄为自己整理凌乱的乡愁

蹚过童年小河

蹚过童年小河，猛一抬头
看见老家
一座孤零零的灰色瓦房
正被四面八方的雨水
包围，吹打

是谁？将风铃高挂在屋檐下
是谁？将童谣深藏在果园里
有风翻开瓦片，寻找
儿时萤火虫馈赠的一粒星光

蛐蛐和蝈蝈依然在拉家常
话题中掺杂了浓浓乡音
那是我高举柳笛
在红绿相间的菜园里
种植斩不断的根

用烛泪照明

那个年头，晚上补课常常停电
一个百雀羚铁盒，立着蜡烛
火苗黄中带蓝，排列整齐的课桌上
烛光摇曳，教室里明暗交替
让人联想到：神圣空阔的教堂

火花吱吱作响，蜡烛的泪滴
顺着白色或红色身子
缓缓流下，一些液体
在百雀羚盒底铺摊开来
当蜡液堆满铁盒
我重新安装灯芯，那些蜡液
继续用泪水照明

风声，雨声，读书声
无数次在烛光里翻山越岭
夜晚，最适合在虚实交叉的隧道里
摆弄或重组意象
泪滴，感念虚无的存在
烛光，回忆存在的虚无

为秋风祈福

雁鸣冲破厚厚云层，从阳光
与高山之间传来，我不敢确定
大雁是否向河流打招呼
但有一点可以肯定

雁鸣与鸽哨一样，充满善意
秋风一直在祈福落叶
细细想来：归根的本质
就是以善待他人

一呼一吸，秋风了却余生
一晦一明，初冬不请自来
为秋风祈福
季节便开启一个新的轮回

垒砌善念

海边的风，悄悄复活在
堆满石头的言语中
阳光没有根，天空是最肥沃的
土壤。日复一日
在蓝天发芽，开花
虔诚而执着地布施光和热
拂晓莅临，朝阳裹着血痂
从海天相接的生命线上
破茧而出。海浪屏息凝视
鹅卵石在揉磨中失去棱角
海边没有树，木质阶梯
只能寄存于感恩之中
海水澄净如明镜，尘埃
空空如也。在海风搀扶中
鹅卵石踮起脚儿
一层一层，用垒砌的善念
轻轻托起
缓缓攀登的太阳

黄昏是一面晃动的镜子

晚霞在水面荡着秋千
我坐在河畔，柳条垂探下来
不时拽着我的手臂
心落在一片绿叶上，缓缓漂流

天空彤红，心思一点即燃
跟着流水一起晃动
我在云霞里寻找自己
翻着翻着，夕阳就下山了
落霞也合上相册
把我投影到水面上

恍惚间，我被囚禁在镜子中
兜兜转转。而一只鸟
驮着星光从眼前轻盈飞过
如此邂逅，让我见证了
黄昏与夜晚的神圣交接

流失

村庄在雾霾中流失
天空在虚无中流失
河水在夜色中流失
还有一些
流失的内容：我说不清

寒露过后，花谢人散
所有虚幻都可以孕育真实
山更空，水更瘦
我紧随一场大雪，跋涉在路上
一个熟悉的生命在耳畔爆裂
哎，又一个梦想终结此生

大雪纷飞，在旧事里打坐
早已忘却寒凉
恍惚间，我宽恕了一切

远方

山水无数，每一寸风光
都是故土，都是我们
深情凝视的远方

人间并不完美
灰色的天空，黑色的雪
荆棘密布的山路
都得接受挑战
半生，在异乡的春天播种
而秋天，却一无所获

远方在何方？求索
才真正属于远方
想家的时候，我点燃篝火
星星一旦出来，我将更加明亮

布谷鸟

站在有些萎靡的秸秆上，羽翼收拢
庄稼已经收割，几粒玉米籽
埋伏在杂草中。布谷鸟依然怀念
春耕时的吆喝，那些停留在
提醒声中的麦苗清香

布谷鸟就在近处，我坐在田埂边
看着父亲打包玉米秸秆
小拖车已经超载，发出吱吱声响
父亲和小拖车都老了
看着他们劳累的身影，我不敢扭头
有时：转身就是结束

布谷鸟不断发出咕咕声
它一定在重复岁月的暗语
劝说父亲休息一下
人生一世，可怕的不是飘零
而是，收获之后的萧索

秋风成熟，云朵飘香
布谷鸟转过头来，久久
眺望远方。已有炊烟升起

越过树林和蟋蟀的呼唤
秋日里，落叶独舞
在风中反复盘旋，不愿落地
它们在剖析人类与鸟类
一些柔软深处的亲情和秘密

母亲的电话

母亲越来越小心翼翼，电话
一响就挂。两鬓斑白的她
谨慎如学生：你有时间就回电话
每次回电话过去，她的解释
掩饰不住尴尬。其实
尴尬的人应该是我

步入中年，我的脾气
变得不稳定。忙碌时直接挂断
母亲的来电，然后想着等会回电
然后……然后就没有然后了
城市与乡下并不远
也就是一个小时的车程，但我
往往一个季度才能回去一次
我在老家的时间，远远不及
屋檐下的燕子，母亲常常
如此解嘲。燕巢里的叽喳声
让我脸红耳赤，羞愧万分

也许是很忙，但还有一些
可有可无的应酬。我被朋友瓜分
却无暇回老家看看，生活

并不悲剧，悲剧的是：不会拒绝
每次我都这样谴责自己，然后
在醉眼蒙眬中沉沉睡去

今夜，手机没响
但我知道，母亲依旧守着电话
拨打了几个数字后，又挂断
反反复复。最后叹一声：他忙
还是不打扰的好

角斗

蚊子像一架隐形飞机，穿插在
蚊帐里，嗡嗡声阴毒刺耳
已是凌晨五点，黑暗
在黎明前狂躁不安

蚊子选择最后的疯狂，呼啸着
冲到他的大腿上，伸出尖嘴
准备痛饮鲜血。我高举巴掌
坚信一击即中，但还是忍住了
手掌轻轻扇过，生怕
惊醒酣睡的他。蚊子继续挑衅
在他的脸上盘旋，他连续多日
加班，面容苍老疲倦
我对蚊子恨之入骨，但又万般无奈
只好把胳膊靠近他的脸庞
蚊子俯冲过来，尖嘴深深扎进

看着它用力振动双翅
挺着大肚挂在蚊帐角落
角斗暂停，我摸着胳膊上的小包
听着他的呼噜声，却满心欣慰
父亲，您辛苦了，多睡会吧

土围墙

看到蜜蜂，就能从花粉香味里
剥离出泥土芬芳
童年里，蜜蜂与泥土亲如一家
外公的房子由泥土垒砌
屋顶铺盖了厚厚的茅草
无数蜜蜂在土墙里安家度日
它们进进出出，欢歌不息
土屋成了天然录音棚
门外的土围墙，是我和小伙伴
上演游击战的战地工事
我在土围墙上翻来翻去
最后翻到了异地求学，而外公
则翻到了另一个世界
如今，土围墙杳无踪影
但我的灵魂却依附于此
像野生油菜花，每年准时盛开
迎接蜜蜂采酿，然后驮着两行热泪
飞到河畔的土坟，倾听
外公的说教与叮咛

陂陁之地

棉花炸裂，铺成林海雪原
母亲顶着烈日，弯腰采摘
满头白发与棉花融为一色
我蹲在河畔，用青草挑逗水蛭
身后的陂陁之地，掩映在
棉田中，呈现和谐之美

汗珠滴落河中，我陡然想起
母亲该喝水了，赶紧盛满水壶
向茫茫白雪深处走去
而脚下的水瓜藤
从棉花根部，向远处
悄然偷渡，为母亲送去清凉
我顿悟，大地为万物之母
而万物也反哺大地
远处传来母亲呼喊：来吃瓜
那声音比瓜汁更甜蜜

此刻，千万朵棉花在风中
低头鞠躬，向瓜藤道谢
那情景，让我柔软在母爱里
至今走不出来

禅机

像两朵白云漂移不定，人海中
偶遇过三次，而之前
我们同窗四载，江南小镇
依然被陶土和紫砂封存记忆
小桥流水人家，我们竟然没有
一起作画，也仅仅是
晚自习在窗外偷看你埋头工笔
忽闪的大眼睛，晶亮如星星
而今，各自拥有一方天地
尽管那么小，或许也有
雨雪风霜，但我们走了过来

前些日子，你说迷恋上了诗歌
我送你厚厚一摞读本
期待读你的诗
就像多年前读你的画，那些色彩
至今斑斓在心中，并且与
夜空对视，然后
互打手语：不可说，不可说
一切如禅机，沉淀银河
而我，被漂洗在星光和诗歌里

串场河

雪花忽略长夜岑寂
忽略街道上的路灯
忽略大雪深处寒意肆虐

但我必须承认：雪花并没有忽略
夜色的苍茫，它在不停稀释
越来越浓的黑夜
夜色下的串场河蹚过锋刃边缘
穿透冰冻下的滚滚暗流

雪纷飞，串场河在我目光的
牵引下，越发温暖
一片雪花不属于我。万里长河
告知我：坎坷是经得起摧残的
伤口都被冰封了，谁还在乎
雪与血如何融合奔流？你听
雪依然在下，夜空絮语倾诉不完

落在串场河上的雪
轻如流沙。宿命里的真知灼言
如父老乡亲：让我这个
亲情持有者，从梦境抵达雪亮的现实

孤的影

影子越来越轻
我可以从河流中，为她捞起
一堆瘦骨嶙峋的日子
秋雨反复拍打窗子，玻璃上的身影
再次哭醒

她总是刻意逃避众人的目光
这个城市，没有乡下的清新味
儿子的孝心，并不能给她带来笑语
水泥与钢筋扎成的空间
让她无法腾挪，她只能不停切换频道
在屏幕里凝望村庄

偶尔有炊烟升起，她的眉头
就会短暂舒展。仿佛那些养在
水池里的鲫鱼，在易碎的水泡中
挣扎并且苟活

第四辑　灵魂归隐

梦想，在每一个晨曦中苏醒
从一页又一页的文字里
跋山涉水，抵达灵魂内核
与我促膝长谈

秘术

喜鹊怀揣秘传之术，房前屋后
观测风水，向阳是一个绝佳之地
鸟巢向上，吸天地灵气
风雨来袭：生地变死地
雨过天晴：死地化生地
相对论有时就是一个
逃脱的借口，对于那些
说不清道不明的旧事物
我也会假装在他人面前故弄玄虚
人云亦云，万事没有绝对
至于喜鹊，也不是万能
阴阳之变，从它的口中
道出来，但却对自己生老病死
或天灾人祸一无所察，甚至无法逆转

化蝶

剥开蝶翼，可以探寻她的前生
关于庄生的爱情
如一条语音留言，嘟的一声
揭开谜底。其实无须听取语音留言
正如一只鸿雁在天上飞
另一个伴侣究竟在何方
那是一个完美的悬念，就像
我并不知道罗密欧与朱丽叶的情史
也不知道梁山伯与祝英台梦见了什么

梦的时光里，堆满想象
像蝴蝶一样飞翔，这是诗人
终生渴望的景象。即使成为一枚标本
挂在墙上，却始终
保持飞翔的姿势。这让我无形中
联想到隐形的翅膀
这是蝴蝶用独特的语言，阐述
对春天的怀念

怀念夏雨

夏雨过后的冥想
反复出现。从树荫到荷塘
从凌晨到子夜
雨滴背对着乌云，自高空跳水
晶亮的眼眸，凝结
桃花所有的劫难与相思

命运常常在运动中相对静止
就像我在雨声的包围中休憩
有时候，怀念不过一瞬间
而有时又是一辈子

春暖花开的一天
我究竟是去南方还是北方
其实这些都不重要
就如梨花受桃花所托
在我的窗前盛开
我相信这是她们的前世约定
只要夏雨在眼前不断闪现
怀念就变得触手可及

空山

雨水滂沱，盆地来不及收储
似箭的归心。闪电
一次次聚焦远方伊人
一声声呼唤，被雷鸣传递过来
乌云翻滚，亦如我心潮涌动

北碚已成一座水城
何时雨歇？泪水比雨水还疾
空山没有回应，答案
纵身跳入嘉陵江心
雨中，我吸收或辐射的
都是思念，那么滚烫
势必焐热鸿雁回归的深秋

狮子峰，香炉峰，舍身岩
在雨中承接孤独
归期何时才能兑现？隔着雨雾
眺望缙云山，我只能
紧紧抱住疲惫的骏马
让潮湿的鬃毛抚顺羁旅之愁
让烦躁的响鼻声，遮掩窗外的滴答

西窗

掀开雨帘，可以看到
烛花跳跃，烛芯伸展长腰
黑发低垂，嗞嗞冒出火花
你的下颌，轻轻托在
两手交叉的指峰间
双眼雾水蒙眬
悄悄泅湿归期未卜的长相忆
雨再猛，也倾泻不尽茫茫相思

你可知晓？秋池早已泛滥成灾
我把自己托付给时间
化身一截木桩，或者一片树叶
只求顺着雨水流到你的身边
再次捧读家书，每一粒
文字，都被念出滴滴水珠
而连绵秋雨
怎么也洗不净漫天凄凉

狂风似剪，不知何时
偷偷剪去蒙在眼前的烛花
而西窗，雨点更密

巴山

话语，在积压，在奔涌
反复撞击乌云，想要破雨而飞
我想要表达的内容太多
导致一堆一堆词语无法钉在雨幕上
任由其飞翔在巴蜀上空
然后把诺言重重砸在地上

天空是一个巨大的容器
极不适应漫长等待
它无法容忍阻挡或停滞
积蓄了那么多年的话语，岂能
在雨中一滑而过？一灯如豆
目光瘦弱，木门摇晃
狂风不时驱逐雨点进来
难道这是远方的寄语？让我一一认领

如此也好！地面青砖潮湿
宛若你的叮咛，缠绵而甜蜜
我又一次挑亮灯花
生怕偷袭而来的风，扑灭憔悴的你
灯花在晃动，仿佛你的薄唇翕动
往日的片段，暖暖地显现出来

孤峰

没有拉手，也没有挽臂
在云遮雾掩中彼此独立
危崖崩壁，谁也无法
把他们踩在脚下
即便猿猴，也只能望峰而退
一柱柱岩峰，裸露青筋
让一声声鸟鸣血性十足
悠悠白云，承载着尊严直上九霄
峰巅风光无限，缝隙
从狭窄的石峰间，抠出
生命通道。而每尺瘠土
从不孤独，苍松，翠柏，珙桐，红豆杉
岁月留下的灵魂伴侣长相厮守
灵芝，天麻，杜仲，茅岩
为其医治雷击之伤
请感恩风霜雨露，让孤峰不再饥饿
曲壑蟠涧，空蒙幽翠
跟随苍鹰飞到苍穹，每座山峰
都是大自然刀劈斧削的盆景
天地浩然，气象万千
每一座孤峰，撑起的傲骨
足以睥睨天下

奇山幻水

奇异虚幻，属性独特

赋予山水更多意象

晨雾暮霭只是道具之一

每一缕风，都会掀开

一角景观，随时让你的审美跌宕起伏

蓝天浩大，白云被高峰挽留

哪里不是灵魂的安息之地

山峰言辞闪烁，溪流答非所问

你只能在铺满露水的草丛中

摸索着山石独行

三千奇峰，八百秀水

让所有的赞美之词玮峻且灵秀

山中藏着森林，森林容纳了山

共同体壁绿斑驳，目光总是黏满遗憾

就像远方，风雨无法抵达

而想象则无孔不入

峰峦，从天外飞来

穿过山涧和峡谷

远离凡尘，洗涤喧嚣

自然洪貌以大写意的手法

解脱世俗。我认定：张家界

日月星辰孕育的异果

山巅意象

云雾缥缈，苍松如智者
执长风之鞭，放牧白云
又如老翁，独钓孤星
而宝峰湖的波纹，一圈一圈
撒开渔网，捕捞上来的
全是星语，淋湿了夜色与山峰
风翻过枫叶，如书签唰唰响
作为镇纸，山石心存善念
给自由留条缝隙，灵性
得以永生云拂翠涌
恍若心照天机
倒立的岩峰，往往可以
拔地而起。如何收藏本真？
我深陷沼泽，等待弯月拯救
何为界？仙宫还是人间
其实无须回答
云雾起伏如浪，你时而登上
玉宇琼楼，时而落在凡尘山水
神仙与凡人的交叉体验
致使一些隐私零碎而散乱
如鸟鸣跌跌撞撞从山涧滚落
且一次次化险为夷

对话天河

水从天上飞溅，河段蜿蜒中
诞生传奇。天然落差
流量无法计算
谁能想象出：其力量
是否超越宇宙洪荒？即便如此
我依然迷恋这片流域
气候高寒，空气薄如刀锋
垂直的不仅是差异，更是
激流奔腾的心灵碰撞

玉树，自古多苦难
亦如树枝状分布的水系
水草丰茂，野牦牛，藏野驴
藏羚，盘羊，藏原羚
出没于月色中
而白唇鹿，猞猁，雪鸡
欢奔于星光里
在这里，我匍匐在厚实的土地上
凝视一棵微颤的青稞
泪珠悄然滚落
既是对苍生的怜悯
更是对生命的敬重

放牧灵魂，草原就是收养
流浪与悲怆之家
得益于青藏高原庇护
世界屋脊遮风挡雨
你自然比其他地方高峻
红色的河流，从冰川融水中
汇聚磅礴之力
赋予冬雪山群更灵动的生命
绝唱滔滔，心灵静静
巨大的反差，参悟了苍穹真谛
对话天河，上通天，下达地
散流，漫流，岔流
最终汇集为滔天巨浪
簇拥着历史滚滚向前

探幽蛇曲

风烈，水激千枚岩，花岗岩，片麻岩
……坚守阵地，过渡带
视野开阔，回荡着金戈铁马之声
没有人透露：如何利用
拐弯之术，激活太极图
必须承认，蛇天生具有灵性
深谙曲线的神奇伟力
比如澎湃河流
比如咆哮巨浪
比如人定胜天的决心

蛇曲之谜，鬼斧神工
叶青，岗察，着木其，布朗，兰达
一节节锁骨兜住了激情
凹岸冲刷，凸岸堆积
岩石有时也是奇迹的发祥地
谁曾料到？地壳的抬升
镶嵌了 S 形图腾
我跪拜这种切割力量
发出千年一叹

从平原和盆地的世俗里

跳出来，谁也无法
束缚你。我不懂地学研究
只对画面敏感，就像
无法估算苍鹰的翅膀有多长
只能远观其壮美
那种雄视天下的气势
让松散的思维
骤然收紧，并且呈现
火山爆发之迹象

参悟

九九八十一难，纯属借口
大唐高僧距离成佛，仅一步之遥
为了再看一眼红尘
千年老鼋掀起巨浪，就成了
晒经台的一个传说

至今，我都活在湿淋淋的经书里
眼神清澈，冰凉纯净
河岸上经幡招展，格桑梅朵含羞绽放
雪花，从人间与天界的夹缝中
渗透进来，然后化为激流
轰鸣成长江，神的语言
在人世险恶中轰鸣

天河的界线低于风雪
低于群峰之巅的云雾
低于星辰的微弱之光
关于西游的故事依然在续写
就像萧萧落木
隐藏最深的永远是沸腾之心
夕阳西下，我拾取炊烟
为那些冷美之词生火取暖

清扫

夜色老眼昏花，无法唤醒灯火
就像我独守空房
看不见灰尘四处游荡

沙沙沙，沙沙沙……
昏昏欲睡中，我被吵醒
这声音让我怀念乡下的蚕宝宝
啃食桑叶，让我追忆
院中的梧桐树被风轻吹
透窗而望，只见一位老人
正在清扫小区。我陡然想起
昨晚的一阵狂风，吹落了许多秋叶
该减负了！秋天枯黄
正需要轻装迎接冬天

沙沙沙，沙沙沙……
声音有些凉意。已是凌晨五点
老人的口中冒出热气
轻烟一般濡湿了我的双眼
最后一点夜色，已被清扫干净
东方悄悄露出鱼肚白

路过村庄

高铁风驰电掣，穿过深秋的银杏林
穿过铺满黄金的村庄
展开丰收图，我计算一年的收成
我的年龄在亏损，阅历在成熟
这笔账越算越糊涂。我找不到平衡点
就像农田收割干净了，但还留下
疯长的杂草，又像我与冬天讨价还价
虽然得到茫茫白雪，最终又一无所获

途中，高架下面的浅丘地带
墓地零星摆布
有的埋葬多年，杂草丛生
有的刚刚落土，修葺一新
有的在风中无声哽咽。都已成过往
何必耿耿于怀呢？高铁身后
抛弃不掉的，依然是乡愁

我拒绝复制悲伤和悔恨
时光如流水，有些人和事
可留可不留。譬如
我们乘坐高铁，穿过煦暖的阳光
仿佛穿过一块块玻璃

听雪

夜晚，我们必须聆听
大雪在风中燃烧的声音
风越大，雪越猛，火越烈
这个意象极富哲理。犹如在夏日
想象一只鸟儿在火球上飞翔
想象在桃源深处与古人邂逅
总有一些声响让心泉放慢流速

雪落之声，远天远地来了
我分明听到，被覆盖的平原在深呼吸
被冰冻的河道暗流涌动
一些假象，总能轻易地蒙蔽双眼
就像我不惧寒风和暴雪
在群山中心推演自己置身旷野
用沉默抵抗恐惧

天地无言，唯有雪落
让一些感动，落在一生的某个片段里
而我笔下的稿纸，依旧不落一字
白纸如雪，渐渐隆起
已经没有什么需要释疑

一首歌

可可托海的青草异常茂密
羊群就是滚动的云朵
大片大片地移动如潮水
牧羊女啊，我能在大草原的
哪个坐标上找到你？断绝的消息
穿越峰顶，透过云雾
流淌到美丽的那拉提。一脉酒香
从毡房上空飘过，鸟声与虫鸣
日月与星辰，均在驼铃声中欲言又止

那夜的雨，洗亮了山谷
站在雪山或戈壁上，什么也看不见
一首歌，有时就是一壶杏花酒
踉跄在伊犁，你让雄鹰逆风高飞
或醉卧云端，望着茫茫草原
垂钓那位美丽的姑娘
一首歌，有时是一块手帕
击中你的泪点，而手帕
却擦拭出一个又一个笑靥

浅说草木灰

灶膛就是焚尸炉，我常作
如此想：火焰晃动
时而轻柔舔砥，时而熊熊燃烧
棉花秆，麦秸秆，树枝，软草
在浴火涅槃中蜷缩身子
然而，这并不能避免
烈火的吞噬与肆虐

细思极恐：人类何曾
比草木优越？最后都逃不过
一把火。唯一心安理得的是
多个盒子收藏而已

向鸟类讨教

我还没有做好准备：向鸟类
讨教一些课题。但不得不思索
如何学习啄木鸟捕食害虫
如何学习候鸟来往迁徙
假如让我守着一片林子，我肯定
要欠下身子，向鸟类虚心讨教

深秋追风，就是尝试在乡土气息中
与飞鸟和谐共处
当我攀上树顶，风声就涌过来
天空响起撕裂的回音
那对双宿双栖的灰色麻雀
在窠臼中喘着粗气
它们感慨：生活真的不易

把美好的事物藏在羽毛下
世间就少了一些庸俗和市侩
而那些四处流浪的浮云
正好遮住双眼，供我在鸟鸣中
挥霍意象

一段距离

如果你尝试与高山结亲
就要准备与流水谈情
山不转水转：距离有时是空间
有时却是缠绕

四季轮回，历经春夏秋冬
每个季节的距离基本相等
然而，如果按热胀冷缩的原理分析
它们的距离还相等吗？这个想法
并不荒诞，无论从物理
还是化学的角度剖解
都得不到一个精确的答案

其实想通就好：不解之谜
本身就存在距离。当你一直
在费尽脑汁，一直在上下求索
可能都不知道已至峰顶
但不要得意，你与天空依然
还有很远一段距离

乌鸦和喜鹊

一大块云朵垂钓树顶
有乌鸦在聒噪，此时风是透明的
每片叶子都镀上一层黄金
比邻而居的另一个树顶
一只喜鹊石雕一般研读树叶
尖喙微动，念念有词
《楞伽阿跋多罗宝经》在风里
一粒一粒滑落
叶片之上，云朵悄然淡去
没留任何文字
乌鸦与喜鹊都一心向佛
它们无法选择出身
但性本善并没有变色
午后阳光蘸了些许暖意
叶片挂满经声。风儿不再辩解
心诚则灵，仅此而已
乌鸦提前飞走，独留喜鹊
在枝头留驻。声音稍显单薄
叶片在午夜重归宁静。谁能相信
报喜和叫丧的鸦科动物
竟然神圣而喜剧地完成了
一次谈经论道

晨读

梦想，在每一个晨曦中苏醒
从一页又一页的文字里
跋山涉水，抵达灵魂内核
与我促膝长谈
钢筋水泥混合的城市
闻鸡起舞已经非常遥远
思想，与庄稼一样
日益消瘦。而书籍
慷慨解囊，把一粒粒
维生素装进我的大脑
就这样日复一日
我被文字悄悄喂养成长
早晨，最适合梦想起飞
日出，总是拔出一坨血肉
只要希望还在，乌云必然撤退
文字犹如划破长空的子弹
把禁锢与贫瘠彻底击碎
这时，翻阅一本书
目光如水，思想更加澄静
鸟鸣，在晨风中滴落
而我，在文字中展开翅膀

关于露珠

滚动的露珠也会落单
晨雾的最高意志，是朦胧与遮掩
至于走向，已无人关注
正如我们喜欢沐浴阳光
但从不感谢
桂花馈赠的口齿留香

一颗颗露珠，在流动或融合
所有的生命都选择沉默
唯有它在探索，我相信
这个早晨，我们的假想和心声
偷偷在寂静中泛起涟漪
刻意模仿或追求完美
是埋葬天才的最大坟场
在一片绿叶上
我遵循一些人为的规律
敬畏并承袭苦难

如果我的做法，可以消弭困顿
就让我做一颗露珠
领受天命，为春风浩荡的人世
痛痛快快流下最后一滴泪

一些人

一只水蛭，行于水上
蜻蜓习惯当一名看客，无须起飞
我盘腿坐在河畔，想着
一些人和一些事
林间的风声，让词话更有乡音

我无法掌控
一些无聊的想法。我始终鄙视
那些向名利缴械投降的人
就像我不允许白纸上有一个污痕
这样的念头，有时让人痛不欲生
有时又让人无法收场

我善于把执着，或者说死犟
以精细的手法，输入到
松柏的根须腹部
然后在密密匝匝的纹路里寻觅

即使兜兜转转，我也不会
与虚伪同行。哪怕有人
用阴谋点亮灯塔
我仍然与魑魅魍魉拒不相认

嘲笑

你可以嘲笑我，嘲笑我
被人卖了还在数钱
如果这样能为你赎罪
我甘当一截被雷电烧焦的树桩
人间罪恶，让我来顶替吧
只愿你能从焦糊味里
嗅到一字一句的善意

有些预言，就藏在落叶间
善恶必报的刀锋
威力超乎想象，但
未必百发百中。我们不必为精准
悲伤，就像一个被风
裹着的灵魂，阴暗或明媚
命运往往无法选择

许多隐匿，让人学会视而不见
对于那些欲望燃烧的人
我再次于幽冥处拒绝嘲笑
彼岸有花
他们需要我重新引渡

湖泊

湖泊素面朝天，阳光
云彩以及星星，就是粉底
阴晴或圆缺，并不固定
在她的眼里，死亡流淌着芬芳
呐喊却杳无声息。也许
湖边摇曳的芨芨草
正在向牛羊讲述如何转世

蘑菇雨后初生
教我如何适应，在梅雨季节
学会饮水止渴，而不是望梅
面对雨天，我们所知甚少
猜不透雨滴里藏有多少秘密
理不清雨声中夹杂多少呐喊
就像匍匐在大海中的礁石
无法探测其深度

都说乌鸦太过笨拙，真是
这样么？我认为
只不过是人类比乌鸦
更精通心计且善于表述
你说，人类究竟有多大能量

面对灾难，几乎别无选择
更多时候，反而像湖泊一样
摊开生命里全部的波纹
任凭狂风挑拨离间或掀起高潮
水波不兴往往寓意任人宰割
如何安守宁静呢？我们只能站在
向阳的沙滩，沉思并反省

土灶

土灶是乡下最忠诚的卫士
锅碗瓢盆盛满了灰尘
门前的破水缸
时而干涸，时而喝足雨水
我一直坚持：到了晚年
这种场景不能更改
就像吊在木梁上的蜘蛛
眼巴巴地望着老灶
蛛网上弥漫出烟火味

与鸟为邻

三月，窗前的槐树上
多了一个鸟巢
听着小鸟叽叽喳喳鸣叫
看着鸟妈妈给昂起的小脑袋
喂食——我被春雨
轻轻拥吻

最幸福的是：鸟儿
并不畏惧我，常常蹲在树梢上
与我久久对视。偶尔几声
鸣叫，让春天
变得鸟语花香

每次上班出门，看到对门
防盗门坚硬而冰冷
我就情不自禁返回窗口
只要瞅一眼鸟巢
受凉的心：瞬间热乎起来
同为邻居，人与鸟
有时真的无法相提并论

燕子寻家

老屋最终没扛过台风肆虐
带着屋檐下的燕巢一起坍塌
站在这片废墟上
我无力地望着天空，望着
燕子一圈又一圈盘旋
鸣叫声中，蓄满伤悲

第二天，我带着工具清理残垣
却见那只燕子定在枝头
右侧排列着三个孩子
望着曾经的家园
它们怔怔出神

原本迁徙的我，临时
改变决定：在这里
重建家园，即使
简陋矮小又何妨？这里
不仅埋种着我的根和魂
还缠绕着——
燕子的情结与乡愁

空白

其实空白走后，黄牛站在洋岸。山脚
群鸭躲到电塔下，冷酷

白桦树侧壁上冒出黄芽，后面是工业化
塑成石像，要么野狼
当蓝色的闪电悄悄消逝

城市是鸟，反气旋是秋高气爽
向沙尘暴幅合，渐渐收回

这一幕

我本想度过这绵长的冬日——
与爪松。
我记得是夜晚应该开灯睡觉
如果熄灭，或惧怕黑夜，或惧怕自己
或遐想。我不再粉饰这里了

我不再听见老鼠打洞，雀蛇爬墙的误会
那一年，父亲在厨房里
忍着痛苦，为了不使自己流眼泪
他轻轻掰着玉米
脸色灰暗，我听见了他的心跳

水杉林里，灰色的浓烟
还有躲在松树后面若隐若现的猫

采菱

菱叶铺满水面，偶有鱼儿
从缝隙间露头吞食一下空气
我与鱼儿互为知音
彼此尊重各自的生存法则
荷塘：一个大家族
让我们包容并幸福

菱角鼓胀，藏在叶片下
吴侬软语隐藏在风中
白鹭从水面穿过
让我联想到青铜与神鸟
从白露到秋末
从秋塘涨水到水落
采菱姑娘的薄影
水红菱一样惊艳
让我在星光满天的水边
与融融月色共醉

向骆驼打一些手语

沙漠的老客栈早已豁牙
有风从破旧的窗户漏出来
幌子在空中打着手语
归雁猜不透其中之意
驼铃声从远处悠悠传来
风知道，只有骆驼
与手语心有灵犀

真正的对手，无须眼神交集
一个细微动作足以知晓，就像
沙子在风中互相撕咬
接着放开，然后再次咬住
直至孤烟和落日，各归其位
直至骆驼跪伏于地
在沙漠腹部的瀚海之音中
学会并适应宁静

月升后，风倏起
一场细雪，听从手语召唤
与细沙，从大漠尽头
联袂而来

二十一克

刚刚停止的冬雪之上
阳光隐含悲痛，反光惨白
有模糊影像一滑而过
我倾向于：许多物种
正以结束的方式处置命运
我更从反常的暗示中
捕捉到影影绰绰的灵魂
它的出走，可以理解为一种弥补
对人类，对天地，对虚无

隐藏于"存"和"在"之间
人类基本处于迷茫状态
有些分量无法用眼睛掂量
比如思想，比如精神……
其实，与我们形影不离的
何止亲情、友情、爱情

蜗居在血脉中的还有天性
还有比自由更放飞的灵魂
别小觑这二十一克
倘若失去它，你的傲骨和理想
将瞬间散架倒塌

坚守

已记不清多少个风霜雨雪
坚守与淡忘的较量
还在门环上处于胶着状态
尽管岁月无比锋利
但想彻底刮去铁锈
无异痴人说梦。谁敢断言
锁住的心，还会冷却

回溯到曾经的花好月圆
爱甜蜜于起源，执着于守候
至于何时相聚？铁锁
一直苦苦等待，门内依旧
残留你的气息，就这样
在锈迹斑斑中
禅悟灵与肉的神圣

至于变形记的流言，只是
妥协者的猜测。也许
你已经到了另一个世界
骨骼已经灰飞烟灭
但相思永生，从锁芯里
偷偷递来嫩绿的爱

茅屋

霜降之后，登山鸟瞰密林
天地无限高远，烟云
不再供养鸟鸣与落日
参悟一滴露水后，我萌生
归隐之心，把所有的颠沛流离
镶嵌到枯萎的藤叶上
任由月光精雕细琢
寒风薄如刀片
从山重水复中，剖开
一条小径：那些风景似曾相识
我在柳暗花明里
兜兜转转，忘却前生今世
秋意深处最适合修行
摈弃盘根错节，我搁浅在
微微荡漾的善念里
然后伸出双手，把星光
合拢成一座茅屋
看秋风狂草，听野鹤轻吟
山水之间，我坐一念一
灵魂蒙恩于尘土之外

遗忘

在水井旁，寂静和萧瑟
围剿我。这绝非危言耸听
井内空洞，隐隐传来
亡灵的召唤。若非一个雪人
庇护，我可能如同凋零的叶子
被风卷进一座残井中，然后在井底
当一只观天之蛙，眼中写满惊惶
或者坐在井沿，在月光下
与人聊着一些如梦似影的话

雪人脚下，衰草疯长
或许得到雪水滋养
那些野草根系扎得很深
穿透了井壁，钻进了雪堆中
于是，我们最终还是看到了
那些神秘的雪人在融化，有泪水
顺着它们的鼻子滴落
它也许在怀念前半生，也许想遗忘前半生
也许是我想得过于深入

这是童年时的剧情，阳光如
云梯，从天空垂落下来

失忆渐渐逼近，有些人和事
荒芜已久。正如抱残守缺之人
总是幻想遗忘那个雪人
总是幻想在下半生的年限里
可以掌控覆水难收

遗忘也是一个值得反复推敲的谜题
这也是全人类的命题
你并没有看到我的过去
你也并没有看到我的未来
一场暴雪，足以让我遗忘很多旧事物
也可以让我遗忘本就交往不深的故人

在雪地里拓片

雪在风中疲于奔命，反复承受
灵魂拷问：体无完肤之后
不留痕迹，究竟如何
走向衰老与死亡
——我不认为这是一个伪命题
比如桂花早已凋谢
但清香依然萦绕在空气中
这让我坚信：生命
有时会存在另一片时空
雪中有路，走着，走着
就看到月亮在幽暗处
留下的记号。让我情不自禁猜想
光阴虽说虚无，难道就可以
认定没有踪迹吗？积雪
融化，难道就能否认
没来过人间吗？为了无愧今生
我愿意为雪花在地上拓片
只为诗歌习惯在纸上奔跑
在我的灵魂归宿
盛满黑色文字和白色遐想

江水

三峡民谣浅吟低唱
吴讴楚吟慷慨激昂
白鹭沿着雨水走向，与石头亲吻
雨后的激流
化作悲怆一泻千里
裹挟着泥土芬芳和花开声音
奔流在颤抖的时空里
而恐惧与死亡则退避三舍

坚韧，忠诚，果敢
万丈深渊容纳不了滔滔江水
月色与星辉
在怒涛中炙热如血
把所有的风雪冰霜灼伤
劲草从岩石深处钻出
摇曳苍凉的手势，灵魂在倾诉
生命坚韧如江水，爱与恨
蜿蜒在峰峦叠嶂中

青山静默，江水滔滔
征途层层翻卷，浪花不断重生
星光挺剑拔刀

穿行于山峰之间，彼此试探凶险
而我，则以向日葵的姿势
仰望高空飞过的花瓣
以及一行大雁流下的热泪
面对江水，激流
慢慢变得苍茫如幕

容颜焕新

修复生态伤口，让发展绿意盎然
长江经济带在五年保护中
迎来新生。我们看到
——尾矿库顶部和边坡覆土
已经加固，花草姹紫嫣红
几近绝迹的江豚频频现身
红嘴鸥大规模畅游江水
祛除顽疾，正显现出
妙手回春之效

生产岸线大幅退后
绿水青山填补了留白
生态底线持续推进
金山银山诞生于增绿地带
猿啼声声，从巫峡两岸弹射而来
阳光闪烁不息，神女峰
披上金质霓裳
江水清澈，生命有了灵魂
青天昊昊，家园得到庇护

这部法典首次为母亲
披上流域"黄金甲"

如今，您容颜焕新
托起山呼海啸之壮美
素描大气包容之沉静
簇拥每一朵浪花
一路向前，高歌不绝

朝觐

白云贴着江面低飞
飞鸟紧随其后，不知是翅膀托起
云朵，还是云朵驮运飞鸟
江水成为一面巨大的镜子
本相与虚影，在重叠中飞翔
两岸苍翠欲滴，青山静坐
生态的唯美心境
让众生都想来虔诚参悟

长江辽远大度，风过后
对曾经的戕害遭遇，一笔勾销
她在山与水之间散发母性
用温情融化冰天雪地
草甸泛青，鸟鸣叫醒了春天
一群群猿猴
在湍急的山涧河谷中攀缘跳跃
它们绕过悬崖峭壁
俯视险湾急流
感受母亲的滋润与慈爱

峡江的号子，破雾而来
沧桑与雄浑，压得江水

透不过气来
纵横万里高原，容纳溪流江河
浇灌平畴川原，滋润荒山秃岭
长江入海不回头，为舟楫
祈福渔运：水利万物而不争
日落之时，我驻足江边
朝觐大气与磅礴
吸纳日月和星辰
滚滚长江东逝水：谁记住长江
长江便让他永生

我和影子

我与影子在光明里赛跑
从童年时开始提速
中年以后又缓缓降速
快慢已经不再重要
起点和终点取决于生命的长度
当我跨进老年的门槛
许多许多的路已扔在身后
而影子也气喘吁吁
它甚至抱住我，不让我前行
多年后才明白，它并非
拖我后腿，而是迟缓
生命流逝的速度
这些年来，我习惯晒太阳
让老态龙钟的影子
舒坦地躺在阳光下
太阳周边有许多白云飘过
它们步履轻盈，不沾一丝风
我昏昏欲睡，不再计较
白天和黑夜
先来与隐去的排序

关闭天空

遥望那只鸽子远飞
它没有跟我透露行程
虽然不久前它才食过我放在
窗台上的米粒

鸽子越飞越远，咕咕声
仍然在我耳畔萦绕
阳光明媚，但我看不到
蓝天上的北斗星
现在，每一片飘飞的叶片
都在为我指引方向

看着越来越小的黑点
我闭上双眼，实则关闭天空
只有如此，我才能
搜索到鸽子飞行的轨迹
在想象的空间里
它只能原路返回，离我
越来越近

距离

一滴水与另一滴水
在融合之前，其实有一段
漫长的路要走。其中的曲折
我们看不到，然而
置身雨夜，你屏息聆听
滴滴答答的雨声极像脚步
在穿行，或者狂奔

有时雨声还不一样
滴落在草丛中，瓦砾间，路面上
杂音一环扣一环
有抛锚和拥堵，有争吵与言和
一会儿分离，一会儿靠近
距离不停拉大或缩小

雨滴依然在延续
一个节点连接一个节点
我在雨滴与雨滴的距离之间
搭建一个站台，为了诺言
我绝不改签
确保正点到达她的面前

一些比喻

比喻异常折磨人
往往能撑爆你的想象空间
像果壳突然爆裂
可以让阳光柔软如水
可以让山岗倒悬星空
甚至可以让你变成
地平线上遥远的一个黑点

我常常把比喻拒之门外
但它如空气无孔不入
导致我在梦中大哭或大笑
深夜猫的叫声恍如叹息
小高层让它失去捕鼠的机会
就像一场大雨袭击盛开的棉花
正在采摘的母亲欲哭无泪

当我重组这些情节
一阵离岸的微风乘虚而入
太久词语锐利如刀
月夜下，许多未嚼碎的果核
喷涌而出，璀璨如星

慢性疏忽

是时候应该与一株野草独处了
尽管它那样卑微
卑微到我忽视它的存在

在我眼中，野草只不过
是一种古老的植物
我多次尝试与野草沟通
却掏不出片言只字

某个子夜，我醉卧在野草根部
它却打开了话匣子
告诉我野火烧不尽的秘密
如此深刻的陈述，令我惶恐
曾经的慢性疏忽
导致我闭塞视听。而坦诚相对
成了继续深聊的引擎

石头有话说

一道道裂缝，包裹不住
攻击与创伤
无论抬举或抛弃，权当增加一次
历练。对于别的物种来说
早已生无可恋
伤痕累累
只不过是另一种还债方式

习惯被踩踏或垫底
风云雷电一次次煅烧捶打
始终无法耗尽石头里贮藏的能量
可悲的是，有些人被绊住脚
却忽略自己的盲目
把罪过甩给石头。而石头没有解释
以最后的坚毅冷然面对

骨气

如果缺少支撑，我们极可能
化作灰，或者烟
当骨头升华为精神与意志
坎坷只会焚烧成火焰的碎尸

花瓣雨的言辞层出不穷
就如我们坐在海边
观看难以删尽的浪涛
一层层被击碎，一层层前仆后继
为我们补足了钙质
天地都变得巍峨高耸

舌头

如簧弹激，舔卷余烬
人间千般滋味，需要足够的勇气
才能尝尽

在火烧云下吟咏石灰
其实就是以献身的方式
陷身一跃腾踔

狂风来袭，嘴巴成为漩涡中心
我迎风而歌，舌头打转之际
死亡更替了另一个词

兆头

预感深不可测
就连噩耗也无迹可寻
白天往往比深夜过于私密
在一个小范围内
沉痛会在诗歌中开花

梦估摸由云与云堆叠
那些带着体温的兆头
看似凌乱，但在滂沱大雨中
依然可以剪断或理清

至于剪刀锋利到何种程度
就像一片薄云
倏忽一现，澄澈万里

梨花雨

白色的雨水，芬芳醉人
这个小村，臣服于梨花的统治
牧童与黄牛，成为一种灵魂
这与杏花无关，梨花
有自己的传说

夜宿民居，梨花不请自来
在花香中漫游，我看不到南山
只有蜜蜂和蝴蝶
衔着甜言蜜语四处馈赠游人

一觉醒来，我难以自圆其说
昨夜一场梨花雨
在梦中把我覆盖得
严严实实

他乡望月

带着疑问，在他乡寻找归路
星星的目光，会在瞬间放大
犹如瞳孔，弱如游丝
思乡适合在黑暗与寂寞中进行
而月亮，缓缓上升
及时且煽情

我曾在天文台寻找故乡
夜空辽远，群星如邻
但我找不到一缕熟悉的气息
遥看明月，目光中
窜出火苗。我却被窒息在
思念的沼泽地

幽深

或许，那只流浪猫走进了
幽深的树林里
迎面撞上散发亮光的河流
阴影无处不在，如夜的盾牌
抵挡纷飞而至的猜测

经过命运的筛选
我不会缺席每一场邀请
春夏秋冬，用绿黄两种色调
消磨虚无
在人生幽深处，光芒
从头顶倾泻下来
生锈的言语，纷纷复活

一块烧红的生铁
被我搂进怀抱
烙伤嗞嗞冒烟，如最初的闪电
让我从幽深的麻木中惊醒

命运

致力于一行远行的大雁
将颠沛流离安排进长河的分支
就像剪刀，修剪了一些枝蔓
以短暂的疼痛，换来
更加健康的生长

命运，有时就是生活的重量
正如你在写作过程中，不断删减
仿佛一名园艺师，醉心于园林
修修补补。不必奇怪
你最擅长在枝叶之间
把唯美修剪到极致。正如命运
时而茂盛，时而单调

许多个夜晚，我梦到
一场突如其来的雪
把白日梦覆盖得杳无踪迹
却又忽然从积雪中冒出嫩芽

练习曲

练习曲起伏不定，并非我
对乐谱不熟，这完全取决于
情绪翻滚

你敢断言练习曲毫无瑕疵吗
你敢肯定练习曲永远乐观吗
每次练习，我就像一个拓荒者
用闪电划破孤独
把音符当作子弹，向限制和偏见
发起攻击，然后在乏味的乐园里
创造野心和理想

练习曲也有高潮，就如
黄昏必然出现夕光
正如我从圣洁的雪山跌落下来
不可抗拒地练习自己

植物之语

太多的沉默很尖锐
刺痛黑暗中的犹豫与嫉妒
荒芜的内部，颓废葳蕤
看看植物，它们从无数个空间
照射自己，对于溢美之词
它们选择屏蔽

一首歌的最高音，直接
把抒情逼到绝境
往后余生则在低音中缓缓流淌
至今，我的激情
都瘫痪在老吉他的琴枕上
而琴孔张大着嘴巴
拼命吮吸光阴

如何才能听懂植物的语言
慵懒的阳光下，我的文字
如膨胀肿大的楠花冠

后记

　　盐城地处苏北平原，虽然没有山峦叠翠的厚重，但也少了压抑与遮挡，一马平川，视野辽阔。煮海为盐的沧桑经历，星罗棋布的湖荡灵气，逐浪大海的弄潮豪迈，滩涂湿地的原始风貌，麋鹿仙鹤的多姿身影……这方广袤平原，源自大海的恩赐和塑造，得益于海盐的哺育与滋润，同时也滋养了我的灵性。

　　每一个地方都是靠"记忆"而存在的。盐城，习惯上被称为"盐阜平原"。而盐城黄海湿地作为中国第14处世界自然遗产，填补了中国海滨湿地类型遗产空白，成为全球第二块潮间带世界湿地遗产。这是大自然馈赠给这片平原的贵重礼物！这些礼物，春风化雨、润物无声地熏陶了我数十年，让我学习了大海的宽广包容、滩涂的坦荡坚韧、星空的辽阔深邃，这些元素锻造了我的品质，让我毫无缝隙地与平原融合于一体，成为平原庞大家族的一分子。故此，我的精神与芦苇一样，始终植根于平原深处，倾听它的内心独白。

　　少年时邂逅了诗歌，便钟爱上了诗歌。转眼已至不惑之年，回想起这段时光，恍如昨日。这些年来，我先后在社区、报社、国企工作，丰富的人生经历让我的世界多姿多彩。工作虽然忙碌，但我的灵魂却仿佛生活在另一个更为气象万千的世界里，在深夜、在雨天、在星空、在海边、在平原……闲暇之余，我在一个独立的空间诗意地活着，借助诗歌的翅膀，一次次地从现实生活的困苦、迷茫、黯淡以及有限的存在中突围出来，抵达梦想、光明、温暖……所有的一切，都成为我逐梦的无限动力。为此，我一次又一次在深夜用文字放飞诗歌，力求让每一个词语都成为草木，让这方平原更加绿意葱茏。

这是我诗歌创作二十多年以来，继《在水之湄》之后的第二本诗集。这些年来，我粗略统计了一下，创作的诗歌有两千多首，但能拿得出手的却不多。这一点让我感到惭愧，我不知道这些诗歌有什么用，如果能够被一部分人喜欢，如果能够滋养、安慰他们的心灵，让他们在忙碌劳累的生活中得到些许的慰藉、温暖，那将是我最大的意外收获，从而让我感到幸福和欢乐。

诗歌是孤独者的家园，是诗人使用语言的造梦功能筑造的梦幻和现实。我有时觉得自己是个矛盾的综合体，生活和工作中外交较多，性格外向，但回到家中，却又能封闭自己，独守宁静。尤其是近些年，我越来越体会到了孤独之美好，并且完全彻底地喜欢上了孤独。事实上，人在孤独中会有别样的认识、领悟、所得，这是上天对孤独者的美好的恩赐、报偿。每次在海边漫步，孤独的辽阔、苍凉、壮美、诗意、包容，都是那么引人入胜，让我的生命顿时廓大、从容、沉雄起来。

这方平原，是我永远魂牵梦萦的根和魂。作为一个凡人，我自然不能脱俗，平原上的万物，总是能够让我灵感迸发，文字犹如海水一般汹涌而来。我时常觉得，每个人都有一个自然的灵魂，自然界中的许多事物都是高尚且伟大的。爱自然、爱远方和爱人类并不相悖，就如高贵、典雅、大气可以和质朴、温良、清秀并存一样。所有的生命都是平等的，勺嘴鹬、玄鹤、苍鹭、麋鹿、萤火虫、茵陈草……生物的多样性，让平原包罗万象且包容和谐。它们生活在自己的王国里，遵循着各自的法则，彼此相安无事，和平共处。如果你仔细观察，随时都可以看到这些物种在以独特的方式沟通交流，剔除海浪、海风、鹿鸣的"重音乐"，你还能聆听到黑脸琵鹭、斑尾塍鹬、白腰杓鹬、翻石鹬、环颈鸻、黑腹滨鹬的"轻音乐"，偶尔还会传来牙獐穿过野草和灌木发出来的"伴奏乐"，我常常迷失在芦苇丛中，被一场又一场"宫廷盛乐"彻底沦陷。尤其是到了夜晚，茫茫滩涂是"歌手们"的舞台，成群的候鸟，知名不知名的虫子，湿地里数百种生灵，激情开启精彩的夜生活。此时，星空璀璨，明月透亮，如梦似幻，恍若人间仙境。

诗人是命名者，也是游离于时间之外的旅人。长久以来，平原上的祖祖辈辈，大多依靠这里的鱼虾贝类繁衍生息，如何更好地与这片土地友好相处，仍然是我们要探寻的永恒命题。平原上的一草一木，常常让我的灵魂在时间中奔跑和驻留，让我追索时光流逝，让我求证神性万灵，让我向着永恒前行，感恩并反哺生我养我的平原。

这本诗集的出版，离不开各位老师和亲朋好友的殷殷关切与热心帮助。感谢中国著名诗歌评论家、学者叶橹先生为本书拨冗作序；感谢中国当代著名作家、诗人，鲁迅文学奖得主海男和车延高老师的精彩点评；感谢盐城工学院艺术设计院副院长、教授，苏州大学、江苏大学硕导，书法学博士王文广为我题写书名；感谢青年诗人宗昊给我这部诗集提出建议。同时，也要深深地感谢沙克、路东、麦豆、朱军、蒋安全、马玉竹、云贺、王慧骐、杜立明、张永波、陆应铸、徐向林、李岩、卞云飞、崔丽娟、沈冠东、郭原、杨国美、马连义、朱贻生、刘桂先、张素萍、王平、赵素芬等作家朋友们，在这些年的诗歌创作路上，他们或多或少给予了我一些指导与关心。

时光是守不住的，青春也是守不住的。但记忆带给自然和人类的，永远是苏醒。男人的中年是父性的，像平原一样坦荡、宽厚、包容。岁月让我明白，时光不可溯流，我宛如候鸟一样深深依赖这片土地，安守它的流转，用文字记录所见所悟所感，尽力为这片土地多保存一些美好的记忆，让大家从我的诗歌中，领略盐阜平原的独特魅力。

2022 年 3 月 24 日于江苏盐城